おおくぼ系
桑原加代子
八重瀬けい
和田恵子

志村有弘［解説］

現代作家代表作選集 第8集

鼎書房

目次

砂原利倶楽部――砂漠の薔薇……おおくぼ系・5
ベリガムの青春……桑原加代子・61
茶毘……八重瀬けい・111
迷子鈴……和田恵子・153
解説……志村有弘・185

砂原利倶楽部

——砂漠の薔薇《バラ》

おおくぼ系

1

なぜ書くことにこだわる――ライティングデスクに、かれこれ小一《こ》時間は向かっているが、パソコン画面の文字は一字も増えていなかった。

タイトルと著者名が打ちこまれ、続く五行が書かれている。

それを眺めるともなく眺めていた。プロットは漠然としたものが頭の中にあるのだが、完璧に作り上げなくても六十枚の短編なら書けるという自負があった。事件記者を主人公にしてミステリーにするか、恋愛を絡ませるか、方向はキーボードのなりゆきにまかすしかない――俺はプロの物書きなのだ――深見《ふかみ》は思った。

日々取材して記事を書き上げてきた実績があった。整理部へ移ってからは書く機会が減ったが、やはり活字が好きで書くことが好きなのだ。はじめて一面のコラム「紫紅《しこう》らん」を書いたときは、心が踊り筆が走った。

……◆自然と人の接し方は千差万別。転変に仮説を立てて定説を探るのは科学。あるいは一句詠《よ》む、詩を造る。キャンパスやカメラに写し取ったりもする。万象を解釈するという愉悦《ゆえつ》も人は手にしている◆いずれも真理を追う作業。当然、厳しさが伴う。科学者も芸術家も丹念な思索を怠らない。漱石や鷗外の子は、漱石や鷗外にはなれないわけだ。問われるのは作品の巧拙だけ。だから一方で高校生作家や学生作家が、文壇に躍り出たりする◆……

この新聞コラムが、はからずも翌月の全国新聞協会のコラム集に掲載されたときは舞い上がった。総合雑誌のもと編集長からの推薦があったとのことで、文章の切れが良くて無駄がないとのお褒《ほ》めにあずかったのだ。「深見が、まさか？」と、社内の記者仲間に疑問符つきのさざ波がおこった。

両腕を頭の後ろで組んで伸びをした……であれば、辞めたのはまずい、絶対にまずかった。しかし、若いころの夢を追って、念願の作家を目指せる。これでブン屋に決別し思い切ることになったのだ。いままでの経験をいかせば月に二百枚は軽いだろう。実際に「一身上の都合で」と辞めてしまったら、これほどたわいないこともなかった。

そうだ資料探しに行ってみよう。ノートパソコンの上蓋《うわぶた》を閉め窓に目をやった。午前十時を過ぎ、白いレースの内カーテンは射しこんでくる強い光にさらされて、くすんで見えた。

割れた花瓶は元には戻らない……深見は部屋を出た。

路地の突き当りを左に曲がってJRの線路沿いをたどる。

右向かいの垣根からは、テッセンが優雅に延びて紫の静寂を放っていた。ツツジは燃えるような朱色を呈している。白ペンキがところどころ剥げたガードレールにそって、景色が広がるのを楽しみつつ駅へと歩む。線路の横に群がって咲いていた菜の花が、今は天にむけて緑のさやを伸ばしており、春が終わりつつあることを知らしている。

駅で十分ほど待って、すべりこんできた電車に乗り込む。わりとすいていた。テッセンはクレマチスともいうのだったなと、吊革を手にしながら薄紫色の星の形をイメージするが、電車が加速しだしてゆれると外へ流れ出ていった。

二十分たらずで中央駅に着いた。駅舎を出ると目の前に路面電車の停留所がある。それぞれが早足になって歩いていく。日光がまぶしく、おでこを照らされて停留所へ向かった。が、陽気が良すぎるので思い直して歩くことにした。時間は十分にある。

右側の路面電車の軌道敷に青々とした芝生がつらなって見える。

ああ、これは都市緑化の先駆けだったなとの感慨がもどる。見出しをつけるとすると二行だろうか。

――市電が緑の回廊いやし行く――これだと一行見出しにしかならないかな、いや狂句ととられかねない、整理部の主も鈍ったものだ。ぬるんだ街の空気を味わいながらブック・コンビニを目指した。

古本屋もコンビニ化してきている。ベストセラーの新刊本が六か月もすると半額になり五年もたつと百円均一となる。まさに古本のコンビニエンス・ストアーという名称そのままでいい得ている。昔は旭日《あさひ》通りの裏には本屋街があり、古本屋も軒を連ねていたが、今は一件を残すのみになっている。そこは結構重宝したが、近年は店を開けたり閉めたりで自然と足が遠のいてしまった。資料本を安く手に入れられるとなると、ブック・コンビニに限る。時とともに街での行動様式も変わっていく。

深見は、店のドアまで来ると、心持ち視線を上げて「ブック・コンビニ」の大きなロゴを見つめた。やや胸を張り一呼吸おいて足を一歩踏み出す。店の自動ドアが大きく左右に開く。ドアをひとつ跨《また》いで静寂の世界に入りこんでいく。今日も本が整列して出会いを待っていてくれる予感がした。本とは出会いであり、これといった一冊とは運命を感じる。手に取ってみて読んでくださいと、背表紙がささやいてくるのである。なんといっても本が好きで活字中毒には違いなかった。

一階はコミックやCD売り場となっており数人の若者がいた。二階の単行本や文庫本の売り場へと上がっていった。文庫本の棚はアイウエの著者名順になっており、手前のアから向こうのワまで分類された見出しの棚が続いていた。手前の婦人がしきりに棚を見やっていたので、後ろをやり過ごして奥から棚の本をたどり始めた。

ワ行の見出しの作家から順にみていくが、脇田、和久井、渡辺、和田など結構な作家数である。また、それぞれ、さすがに著作が多い。やはり数多く書けることが作家の絶対条件なのだ、棚いっぱいの文庫本をみて寒々とした不安の想いも広がる。背表紙を目で追って面白そうなものを手に取り開いてみるが、これという出会いはなかった。

さかのぼってヤ行の棚に移るが、ここも安岡、矢神、八尋《やひろ》など、そうそうたる書き手が連なっている。文豪と言われる作家の本を取り出し、表紙と裏表紙を交互に眺めると、開かずにそのまま元の場所に返した。開いて目を通すと、またしても打ちのめされる感がするからだ。『富豪と風石の謎』という探偵ミステリー、『国家警察の真円《しんえん》』という警察サスペンスものなど、かつてベストセラーとなった単行本が文庫となって均一価格で並んでいる。これらも背表紙だけを目で追った。

右のマ行の棚に移ろうと本を見たまま横へステップした。

ガツンと体がゆれた。客の婦人とぶつかってしまったのだ。

「おっと、失礼」どうもと、頭を軽く下げて小柄な婦人を見つめた。

「こちらこそ、つい本に夢中になってしまって」

婦人も軽く頭を下げた。深見は、婦人の後ろを抜けて場所を入れ替わった。ナ行の棚をあらためて見つめだした。

並んで本棚を見つめていた婦人が、そっと声をかけてきた。

「あのう、あなたは、前も本を探してませんでした？」

ええ、とは答えたものの、ここしか行くとこがないからとは言えなかった。

「わたしも本を探しによく来るんですが、ここひと月あなたを、よく見かけますね、本が好きなんですね。これも、なんか……」

婦人が沈むようなアルトの音色でしゃべり始めた。


深見はブック・コンビニを出て、コーヒーショップでカプチーノを飲んでいた。結局、参考となる本は見つからずに『ピストル』という雑誌を購入したのだった。それと手元に小さな名刺が残った。本の好きそうなあなたへと、先ほどの五十半ばの婦人が渡してくれたものだった。

『倶楽部砂原利　北辰輝美』

「クラブサハリ、ほくしんてるみ」と読むのだと教えてくれた。

「サハリというと、あのアフリカの砂漠ですか」

「ええ、一般的にはサハラ砂漠だけど、イメージが大きすぎるので語感から可愛くサハリにしたの。デザートローズって知ってるでしょう。あの砂漠に咲く薔薇もあるから一度は見に来てね」

クラブと言う響きにも縁遠くなった。記者の頃は県政記者クラブがあって黒潮《くろしお》会と呼んでいた。飲み屋も居酒屋がほとんどで、スナックは結構行ったが、クラブなる処は四十一歳の今でも、二、三度しか踏みこんだことはなかった。

砂原利のママであるという婦人は、さらに一言付け加えた。

「願い事があれば、ぜひ来て砂漠の薔薇に願ってみてね、人生が変わるかもしれないよ。だけど八時が境よ。それまでは、お茶でも相談でも受け付けるけど、八時以降は完全なクラブに変身するの」

ママの容姿を思い浮かべるが、化粧気のない角ばった顔に、まゆ、眼、鼻、口それぞれが小柄な造りの中でしっかりと主張していて個性的ではあったが、美人で綺麗どころとはいえなかった。

再度、名刺を見つめてカップを口に運ぶと、口の無精ひげにミルクの泡が付いた。いやまてよ、どっかで会ったことがあるような……記憶がそうつぶやいた。

単身の一ＬＤＫに収穫もなく忍ぶように帰ってきた。一冊の雑誌と胸のポケットの小さな紙片、スーパーで買ってきた夕食用の割引寿司弁当、それにインスタントコーヒーの小さなプラスチック容器、いつものようにつつましい。そこは小説家だからだ、と深見は考える。新聞記者は華やかな職業であったが、小説家は、世をすねてひっそりと暮らす存在だ。売れるまではなおさらだ、世の中の苦悩というものを一人で背負って押し潰れそうになり赤貧洗《せきひん》うがごとし、それこそが物書きであろう。

自分でつかみ取った究極の自由だ……ついつぶやいてしまう。しかし、そんなに大それた決断のもとに作家を目指したのか、いや、単なる売りことばに買いことばのなれの果てじゃないか。小さな食卓に雑誌とコンビニの袋を置き、ライティングデスクに腰掛けて、パソコンのスイッチを入れた。書きたいものが湧き上がってきたわけではなく習性であった。なにげなく胸ポケットの名刺をとりだして眺めた。すべすべした光沢のある小紙片の主は五十半ばの年配であって、お世辞にも美人とはいえそうもなかった。若い頃は、さぞかし……と思わせるものも伝わってこなかった。ただ、キュートな感触は幾分伝わってきたが……しばらく眺めてもそれ以上は湧いてこなかった。

机のうえのビニールカバーをもちあげて、名刺を挟み込もうとした。と、カバーの中にあった三センチほどの薄茶色のタグ三枚が目に止まった。三枚のうちの一枚を取り出してあらためて見た。それは、ワイシャツをクリーニングに出した時に襟についてくるタグである。ただ、印刷されている数字が七なのである。その前に〇が二つ付いている。〇〇七……この番号は、英国のスパイ小説で世界的に有名になった数字だ。おそらくクリーニングの店番をあらわす番号なのであろうが、なんとなく粋な数字に思えてカバーにはさんでいたのである。

ふーん、と一呼吸でた。そういえば最新作が上映されていたか、明日でも見に行ってみようか、時間はあり余っているのだ。

四月末となり気分もゆるんでいく、連休の二日前であった。

午後七時前、深見は、天翔《てんしょう》通りに向かって歩いていた。倶楽部砂原利を一度訪ねてみようと思い立ったのである。その気にさせたのは、先日スパイ映画を見たからだ。

通りは暮れなずみ、街灯が輝きを演出しだしたが、路地に差す影は深い憂いをたたえてみえた。「天翔繁華街」と掲げたアーケード入口の看板が見え、これをまっすぐ五百メートルも進むと、天保山神社へ行きあたる。頭上の案内掲示板をくぐって、通りに踏みこみ先を見とおすと、小さい頃に両親に連れてこられたときのにぎわいがかぶってくる。神社の境内で毎年正月興行が催され通りは人々であふれていた。名刺裏の略図は、角の花屋を右折して六つ目のビルを示している。花屋のショーケースからあふれんばかりに咲き誇る、黄色やオレンジ、淡いピンクの花々がパステルカラーを奏でて、晩春をくすぐる色香を匂い立たせていた。

まん中に入り口がある五階建ての琥珀色のビルが、来客を取り込むように待ち構えていた。倶楽部砂原利はそのビルの地下にあるとネオンは告げている。つづらおりの階段を降りた。地下のそれぞれのバーやクラブはまだ人影がなかった。右折して、ぎょっとした。通路の突き当りに木製の椅子に腰掛けた大きなチーターがこちらを睨んでいた。だが、よく見ると大きな口を開け、上を見上げている表情はなぜか愛きょうがある。手前にアイボリーホワイト色の壁に映える緑色のオアシスのようなドアがあり、砂原利とある。ゆっくりと重いドアを引いた。

「いらっしゃーい」

カウンターにいた北辰輝美ママが振り向いた。

「八時前のお客さんね」

「えーと、先日、本屋で名刺をもらって、それで砂漠の薔薇を見せてもらいに来ました」

どうぞこちらへと案内されて、カウンターの奥に座った。後ろにはボックス席が奥まで続き、オーク調のテーブルを囲むようにしてダークグリーンのソファーが、黄土色の壁を背にして並んでいる。中央のシャンデリアと壁のグローブ照明が乾いたひかりを投げていた。

ママが紫色のおしぼりを出してくれた。

「ママをどっかで見たという気がしてたんだけど、先日、映画を見にいって、やっとわかった。ママ、スパイ映画に出てたでしょう」

「ふふ、それ最近よくいわれるの。そう私は、イギリス情報機関の女ボスなのよ」

「映画を見て、あれっ、ママが出てるって思ったもの」

「まだ、今度の新作は見に行ってないけど。なぜか、お客さんにそういわれると見に行きにくいのよ。ところで、まだ貴方のお名前をうかがってなかったわね」

「ふかみ・みなみといいます。深く見るのふかみで、南海と書いてみなみと読むんです」

「では、深見さん飲み物は何にする」

とりあえずビールを飲みたいと言った。

「みなみっていい響きね、南十字星はないけど、オリオンはあるよ」

「へー珍しいね。じゃあ、それを」

グラスにビールがつがれる。深見が、ママも軽くどう出会いを祝って乾杯をしようよと言い、もう一つグラスを出してもらってビールをついだ。

「では、かんぱーい」と、テノールとアルトが和音になって部屋に響く。

「ところで、神秘の薔薇の花は、どこにあるの」

「その横の棚よ」

サイドボードの中を見ると、キルト刺繍の上に鼈甲《べっこう》色のこぶし大の塊があった。ママが、キルトを手に取り、包み込むようにしてカウンターの上に出してくれた。

なんの変哲もない文庫本大の薄茶色の塊《かたまり》に思えた。よく見ると飴《あめ》色の大理石に薔薇のはなびらが、全面に白く刻まれて光っている。なるほど砂漠に咲こうとしている薔薇には違いない。だが、これから咲こうとしているのだろうか、深見には、咲く時期を失して開花の形骸《けいがい》のみを残した化石に見えた。

「なんか、異様で不思議なものだね。アラジンの魔法の世界が沸き立ってくるように思える」

「アラジンのランプのように、願いを叶える石でもあるのよ。深見さん、何か願い事があるかしら」

「うーん、願い事は持ってるんだけど、口に出しては言いにくいね。ところで、こんな大きな薔薇を、どうして手に入れたんですか」

　残りのビールを一息で流し込んだ。クリーミーな泡立ちが優しくのどを包みこんでいく。

「ふふっ、それは、ないしょ……幸運を運んでくる石だから、解説をつけずに神秘のまま置いとくの。でも最近ね、幸と不幸の数はどちらも表裏の関係のように、一定のおんなじ数に決まってるのじゃないかしらと思うわ。それでも早く幸福にたどり着こうと願うのが人の常じゃない、裏返せば不幸のタネが張り付いているんだけど、私も運を使い終わってしまったのか……みたいに感じてる」

「いやに実感を織り込んでいて、かつ文学的なフレーズだなあ」

「ふふ、わたしは本が好きで、この年になっても、いまもって文学少女だからね」

「それで本屋で出会ったわけか。しかし、女ボスにもう少女はないでしょう」

「ふふっ、気持ちはまだまだ少女よ。歳をとるとますます、少女に帰って行くみたい。いや母性回帰かな。ところで、みなみさん、見た感じは自由業に見えるけど、何をしていらっしゃるの」

「なにをしているように見える。当ててみてよ」

「ふふっ、本屋で出会ったのだから、文字を書く仕事でしょう」

　あっさり言い当てられるのも、面白くない気がする。そんなにプロトタイプ、典型的な人間に見えるのだろうか。

「ブン屋をやってたんだけど、今はフリーの物書き、小説家になりたいと思ってる」

「やはり感は当たった、女ボスだもの。それで、デビューの目途はついたの」

三杯目を注ぐと、グラスの三分の一ほどでビール瓶は空になった。

「それが、デビューの見込みもなにも、勢いで辞めちまったからね」

今になっては、自分がすごく戯画《ぎが》的におもえる。単純で滑稽でさえあった。デスクから叱責されたのが、どう転んでしまったのか折り合いがつかず、こじれた挙句、なら辞めますとなり、おおそうかで終わってしまった。原因は役員からもらった極秘情報をデスクに相談せずに記事にして掲載したことからだった。

「地元経済への影響を考えれば、老舗の崩壊を告げる記事は客観的な事実を書いて、特ダネとして喜んでいるだけじゃダメだろう。ただのスキャンダル暴露ならゴロジャーナルだ」デスクは激怒した。

「いや、オフレコでも書くときは書く。これが、記者魂ではないですか、向こうさんもリークしたからには、書かれる可能性を無視していたわけじゃないんじゃ」

いつもの議論だったが、だいぶ昂揚《こうよう》してしまった。整理部も長くて紙面の割り付けばかりしていると、つい署名記事の一つも書いて存在を誇示したくなるもんだった。

ママが二本目のビールを取りだしてグラスに満たしてくれる。

「なるほどね。これから辛酸《しんさん》を舐めて自滅するか、石にかじりついてもデビューするしかないってわけね。どちらも大変だけど」

細かい泡が、グラスの中を伸びやかに浮かび上がっていく。

「で、石にかじりついてもデビューしたいわけ」

「うん、それしか、ペンでしか生きる道はないと思うのだけど」

　新聞は社会の公器だから真実を報道する使命があると、社会正義論を振りかざしたつもりはないが、結果的にアダとなった。デスクが、負債総額のウラは取ったのか、と言う忠告にも、しつこすぎると貸す耳を持たなかった。記事を発表した後に、老舗から負債総額がデタラメすぎるし、記事が悪意に満ちているとの激しい非難の声があがった。ガセネタのリークにはめられてしまったのだ。

　グリーンのドアがゆっくりと開いて、がっしりした男が現れた。

「あら、おひさしぶり」

　ママが、振り向いて、深見の隣を一つ空けた椅子をすすめた。

「どう仕事は？」

「ん、まあまあだと言っとくか。今やってるのは、中堅サラリーマンのお坊ちゃまをイジメから守る仕事さ。小学生お坊ちゃまの警護だよ」

「へーっ、それってどうやるの」

「朝は母親がその子を送っていくが、帰りは校門の脇で待って家まで歩いて送っていく。その時に、イジメはなかったかを聞き取り、あれば、その子の担任に不行き届きの文句をいう。さらに、イジメっ子の住所を聞き出して家まで行って親にはげしく抗議する。一応三か月契約だ」

「なるほどね、こみいった社会になったわね。こどもの争いにまで要人警護のプロがおでましなの」

「まあ、ちょろい仕事だ。が、親は、子供の時の育ち方が一生を左右すると必死だ。結構な仕事になる」

輝美ママが、ビールを出して客に注ぐ。

「ああ、紹介しとくわ、そちらは小説家志望の有力新人。こちらは、要人警護を専門としている凄腕《すごうで》のボディーガードよ」

男は、軽くグラスをかざして深見にあいさつした。

ママ、おはようと、ドアが開いて、ドレスアップした若い子が連れ立って入ってきた。一人はショッキングピンクのジャケット、もう一人は黒サテンのミニドレスで素足がまぶしい。急に花が咲いた。あでやかさに気後れして、深見が腕時計をぬすみ見ると、八時五分前であった。

「ママ、そろそろ失礼するよ。お勘定を」

「そうね。八時前のお客さんだから、ビール代二千円でいいわ」

「それで、ほんとにいいの」

「うん、八時前は、開店準備を兼ねたウオーミングアップの談話時間だからね、以後はテーブルチャージが七千円に跳ね上がるの」

じゃあ、と、二千円をテーブルに置いて立ちあがった。

「あつ、みなみさん、携帯を教えてよ。〇八〇の九一四二の×××……これにかけてみて」

携帯を出して言われた番号を入力して送信すると、ママの携帯が震えた。

「オーケーよ。今度また、話のタネがあったら電話するわ。この地から小説家が誕生するのを見てみたいわ。この薔薇に願って応援するわね」

「ありがとう」、久方ぶりにストレートの素直さが出た。

深見はグリーンのドアを押して砂原利をあとにした。ネオンに照らされた街は、ブン屋時代と違って戯画に満ちて揺らめいてみえる。人の流れを縫って歩く姿を自身の冷めた頭が眺めていた。会社にしばられない自由な人生ってのも案外、面白いかもしれない……な。あれほど振りかざしたブン屋時代の社会正義が影を潜めてしまっている。新聞社の中にのみ住んでいたんだろう……なんとたわいのない、苦笑せざるを得なかった。バカヤロウと叫びたかった。


十日ほど経った連休明けに、深見は再び門番のチーターに今晩はと言いつつ、グリーンのドアを引いた。カウンターに腰掛けると、午後七時半前であった。

「いらっしゃい、ようこそ、ビールはオリオンでいい」

今日のママは、銀に縞模様《しまもよう》のドレスであった。

「そのドレスは、シマウマ？　それともトラですか」

「フフ、シマウマといいたいけど、トラにしとくわ。男を食って生きてるんだから。しかも希少種のホワイトタイガーよ」

ビールの泡が、ステアグラスを満たし少しずつ澄んでいく。泡の頃合いを見て、ママのグラスと軽く合わす。ビーンと澄んだ音が、倶楽部の中に行きわたる。

「どう、小説の方は」

「……ん、なかなか書くものが、見つからずに、書きだすと小説を飛び越えてエッセイになる」

「ふふ、なるほどのつぶやきだね。ところで、書くネタを提供してあげようか。どっちかと言うと、純文学よりも社会派小説を目指すんでしょ」輝美ママは、カウンターの中から、なんやらとりだして、深見の目の前にそれを置いた。大封筒だった。

「中を見てみて、某人の書いた手記がはいってる」

グラスを置いて、封筒からA四大の紙片を取りだすと、パソコンで印字された原稿が七枚あった。

「彼はこれをインターネットで公表して、こんなのありかと世間に訴えるというから、ちょっと待ってと借りたの。後でゆっくり読んでみて、結構、謎めいて小説のヒントになるとおもうけど。ノンフィクションじゃなくて、あくまでフィクション、小説としてね。小説ってのは森全体を視るよりも森の中に分け入って、一つひとつの木の手触りを描く感じでしょう。それで現実より現実らしい虚構の世界を、おもうままに創りだせる。だから、かえって小説は難しく、いい小説は現実と混同されやすいって」ママは雄弁であった。

「自由に制限なく書けて自分の想像世界を創れる。作家が作品の創造主として君臨《くんりん》できるのは、やはり小説かもね。帰ってから手記をじっくりと読んでみて。その行間からヒントがつかめたら基にして書いてみたら。荒原稿ができたら、私にも見せてよ」

「ママ、いやに小説に詳しいね」

「ふふっ、これでも若い頃は仏文よ、二年で中退したけど」

深見は、原稿を手に取ってあらためて軽く目を走らせた。

タイトルは、『ホテルワーフの怪』となっている。

――一昨年の十二月、グアムの会社がアプラ湾のホテルワーフという米海軍基地の中に、荷揚げ、冷凍、市場、税関等の施設を建設したいとの申請をおこないグアム港湾局から許可が出た。米軍とも借地の賃貸契約をしたので、施設全体の実施設計と工事管理をしてもらいたいとの話が知人から持ち込まれた。海外の大掛かりな仕事ははじめてで、さっそくグアムへ飛んだ――

「ふーん、面白そうな手記だね。これをネタにして小説を完成させればいいのか。結構書けるかもね」

「深見さんの想像力、推理力、構成力を駆使《くし》してね。純文学じゃないから、文体は凝《こ》らなくていいんじゃない。展開で読ませてほしい。最後をどうまとめるのかが勝負じゃない」

「わかった。ただ、手記の作者に取材させてほしいんだけど」

「深見さんは、ノンフィクションじゃなく、小説、フィクションを書くのでしょう。ホームページに事実として告発すると言うから、ちょっと待ってとお願いして借りたの。取材源は秘匿《ひとく》して作者とは距離を置いて、想像力で書く方が正解だと思うわ」

「なるほどね、確かに小説は、虚構の世界だから、あまり事実を書き込みすぎれば、ノンフィクションになって、事実と混同されるか」

「告発小説として、共犯とみなされるかもしれないし」

「そうだね、社会正義は、社に土産で置いてきたつもりだし」

とりあえず読み込んで書いてみるよと、残りのビールを飲み干した。


ライティングデスクに向かって考えている。手記を三度読んだ。

三度めは黄色のマーカーで、ところどころに印を入れた。

グアムに渡った設計士の私は、港湾関係者の歓待を受け、アプラ湾に隣接した米軍基地に建設する施設の調査を始める。湾に突き出した細い半島は、ほとんどが米海軍の管理地で、そこの一部を借りて施設を建設するのである。片言の英語を駆使して岩壁の周辺から測量を始めた。米軍が機密とされている湾内部の深度図《しんどず》なども提供してくれて、建設場所を決めるための協力を惜しまなかった。また、湾の奥には、あるゆる兵器を整備し修理できるという、大きな工作船が浮かんでいた。ここは明らかに軍港であり、基地に入り測量調査するためにはIDカードも必要だった。一週間で測量を終えると、建設場所の検討もついて、日本に帰って二百三十枚ほどの図面を一月半で完成させた。

そして、私は、三月初めに英語の説明の入った図面を持ってグアムに行った。実施設計の確認も終わりグランド・ブレーキングという起工式が催された。州知事のお祝いの言葉に始まって関係者の祝辞が続き、砂山への鍬《くわ》入れが行われ、あとは、お祝いのパーテイとなった。ここまでは至極順調であったが、その後、実際の工事へ移行する段階で、これまでの進展がはたと止まった。立ち消えのようになり、乏しい英語で催促するも……さあーの一言、一体どうなったのだろう？　設計料をなんとかしてくれー契約違反だと、悲痛な叫びが出た。

読んでいると、ふふっと含み笑いがでる。が、面白がってる場合ではない、これは事件だ。切り捨てたはずの記者魂が新芽になって吹きだしてくる。だが、社を辞めた時点で、事件記者は過去のお払い箱にしたんだった。このネタを新たにどう小説に料理するかだろう。詳細を調べてみてから、プロット、筋書きを立ててみよう、グアム関係の資料にあたって背景を読み込む必要もありそうだ。

記者だったころは、社の資料室に年配の生き字引がいて、「グアム関係の記事を探してほしい」と、依頼すると、過去の新聞の中から手掛かりを探し出し、二十分もすると、このような記事が出てたぞ、と写しを渡してくれたもんだ。

今は一人で調べなければならない、しかし、インターネットという便利なものがある。正確性については、いまいち心配であるが、キーをたたけば幅広い情報を即座に提供してくれる。

まず、「グアム関連記事」をキーワードにして探そう。

インターネットは、すぐにヒットした。

「グアム移転費全額削除　米両院合意」の記事が見つかった。記事を読むと、軍の再編成により沖縄の米軍海兵隊が、グアムに移転することになっているとのことである。移転にかかる費用は百二億ドル、日本円にして一兆円を超える莫大なものであり、日本と米国で折半して負担するとことになっていた。それが、その予算案を米議会が拒否したといういきさつを述べた記事であった。

なんだ予算が確定し、既定事実としての整備事業ではなかったのか、すごいことになったな……グアム移転への思惑の渦に、設計士の私も巻き込まれたのだろう。日本と米国の国際的舞台で展開するサスペンス？　いやミステリー、それともハードボイルドか？　切り口をどうすれば読んでもらえる小説になるのか、相手にとって不足はないけれど、題材にしては余りあり過ぎるかもしれぬ。

大判の大学ノートをとりだした。表紙にマジックで黒々と「ホテルワーフ　グアムの荒波」と仮題を表記して、なかのページをめくった。まず、設計士の書いた手記、『ホテルワーフの怪』の内容を要約して箇条書きにした。次のページに、しだいに湧いてくるアイデアを、そこはかとなく書きだす。

やはり、主人公が、設計士と一緒になって事件を解決する筋書きが、一般的でそこに落ち着きそうな気がする。それでも日本政府と米軍の絡みともなると、ハードボイルドでＣＩＡも登場することにもなろうか。想像は際限なく広がる。けれども、そこまで書ける自信があるか？　風呂敷を広げ過ぎる分、こころもとなくなってくる。どうしても裏付けに頼る記者体質が染みついているのだ。新聞の記事となる事件には、小説以上の奇想天外なものもある。事実に即して書けば自然と小説になるのではないか、心は千々に乱れていく。

まあ、書くより仕方がないか、おおまかなデザインがあれば書けるだろう、物書きのプロだったんだ。だが、最初の一行がなかなか浮かんでこない。スムーズに移行できないイップスという病気、あれであろうか、小説は最初の三頁で勝負するのだ。読者は、最初の二、三頁ほどを読んで、面白いか、面白くないかを判断する。出だしが「私は設計料を取り戻すべくグアムに来た」では、あまりにも薄くて白けてしまう、奇抜すぎる出だしでもいかがなものか、ええい、創造的見出しをつけるプロだったんだ、とりあえず船出をするのだ。

――プールサイドの椅子に寝そべって、遠くフィリピンを望む海を眺めた。夏のバカンスにはだいぶ早かったが、今回は仕事なのだ、仕事でグアムまで飛んできたが、宿泊先のホテルの開放的なベランダから、ヤシに囲まれたプールが見えた。そのふちに白い建物が日に映えて、プールサイドに寝そべる水着姿の若い女性たちも楽しもうよと俺を誘っていた。向こうには紺碧《こんぺき》の海が見え青い空がある。世間の青さに射す光、水着のカラフルな色、忘れていた俺の何かが動きだしたのだ。仕事はさておいて、まずは一息入れようと、さっそくプールまで降りて行きデッキ・チェアーに横になったのだった。「ホテルワーフ」という地名は、ホテルの名前ではなく、正式には「H岸壁」というのだが、アルファベットのHをいうときには、HOTELのHということから、いつしかホテルワーフと云い表すようになったのである――

ここまで書いて読み直してみた。書いた端《はな》は、いい出だしだと思ったが、あらためて読みなおしてみると、たいしたことはない。ありふれていた。これで、読者を惹《ひ》きつけるのか、問い直してみるが、答えは出ない。何か違った味が欲しいなとは思うが、どうやればいいのかが解からない。ああ、文章の個性なのだ、文体だ。とりとめもないことが次々と浮かんでくる。プロットをもう少し詳しく筋立ててから、文体を考えていくとすると、今書いているのは、まだプロットだということか、訳が分からなくなった。部屋の先にあったスツールを引き寄せて椅子をまわして両足を乗せた。椅子の肘つきに両腕をのせて、後ろにもたれて、天井を眺めた。グレイ色のクロスは、何も語りかけてこずに、冷ややかに見下ろしていた。右手を伸ばして、かたはらの本を取った。『小説大全《たいぜん》』は、分厚い本である。おもむろに本を割ってページを広げてみると、「前に進まなくなったときに、そこでどれだけ長く考えられるかが分かれ目だ」と書いてあった。ふーん、でも前に進まなきゃどうしようもないんだ。「イメージだ」、どんな小説を生み出したいのか、静かに目を閉じて瞑想した。疲れた頭にはイメージは浮かばず、そのまま眠りに落ちて行った。

空中を歩いている感じだった。俺の処だけは鈍く光があたっている。板敷の上を歩いているようだが、床が激しく波を打っている。その上を俺は不思議そうに歩いている。しかし、どの方向へ歩いていいのか、わからなかった。途方に暮れる俺を、彼方から見つめる俺がいる。

どこへ行くともなく歩き出すが、大きく上下する床が抜けそうで怖い。立ちすくむ俺を見ている俺は、床の下は無限につづく深い奈落になっているのに気づいている。舞台の下も奈落と言うのだったと思う。もうこれ以上俺の落ちる所はなかったはずだと、ぼんやりと考えている。一歩、二歩、前へと踏み出した途端に床が抜け落ちた。

ワーッと、叫ぶ声とともに目が覚め、椅子の上に戻った。

うっすらと汗をかいていた。机のデジタル時計を見ると、午後四時四十四分であった。またか、数字の魔術にぶつかってしまった。四・四・四に接すると、なぜかシネ、シネ、シネと脅迫されている気になる。気にするとますます四が付いてまわるのだ。ゴルフボールの番号の四はパーで縁起が良いとされる。クローバーも四つ葉が幸せをもたらすのだ。四は、しあわせの番号で、幸運が訪れる予兆ではないかと、頭を切り変えようとしたがだめだった。ことに社を辞めてから、数字につきまとわれてますます気になるようになった。

通勤に使ってた千二百CCの小型車を車検に出すとき、走行距離を見てぞっとした。四万二千四百二十四キロ、シニシニヨだったのだ。戯画もここまでくると笑えない。人には、運と不運がともに取り付いているのではないかと切に思うようになった。人生は上りもあれば下りもある。どうも下りつつあるようで滅入っていた。

預金通帳の残高を記帳した時は最悪であった。六万四千四百四十四円と印字されたのである。どうやって生活しようかと考えるより、六の次に並んだ四ケタの四に圧倒されたのだ。まだ六が最初にあるだけ救われると急いで通帳を閉じて、意識して見ないようにした。さらに郵便局の為替《かわせ》窓口で、なにげなく順番待ちカードを引いたとき、カードの待ち順番が、○四四、すなわち四十四番めであった。この不吉な番号を変えてくれと文句を言いたい気持ちをおさえて、振込みが済むとそそくさと後にした。振り返ると数字が不気味にかぶさっていた。

ただ、唯一、クリーニングのタグだけは七であったのだ。すがるような思いで捨てずに、机のカバーの端に○○七と書かれたタグを三枚はさんでいた。それを見て、スパイ映画を観に行き、砂原利のママと知り合った。机のタグをしばらく眺めてみた……○○七はスパイの番号か、確か撃墜された大韓航空機も○○七便ではなかったか？　しかも領空侵犯《しんぱん》、スパイ容疑で撃ち落とされたのだ……いや、いい加減に不運の思いを断ち切るべきだ。

しばらくタグを取出し睨んで、ラッキーセブン、数字七のヒーローが乗り移ってくるのを待った。よし、失業保険もあとふた月を残すのみになった今、これ以上落ちる所はないではないか……。南海よ！　開き直るのだ。それしかない。報われない怒りをパソコンにぶっつけるのだ。小説の中でヒーローとなって思う存分暴れてやる。邪悪を打ち砕くのだ。自己に鞭打ってプロの物書きの意地を見せるのだ。

そう決め込むと、続きを書きだした。面白いか、面白くないかは、どっかにおいてキーを叩くことに集中した。

2

「ワッツ　ザ　パーパス？」入国審査で目的を聞かれた。

「サイトシーイング、アバウト　ア　ウイーク」

北辰輝美は、日常英会話は不自由がなかった。学生時代のもともとの専攻は仏文であった。けれども、フランス語はなかなか込み入っていて、ジュシ、チユエ……ジュチュルラノブレと何度も諳《そら》んじてみたが、授業のスピードについて行けなかった。それでフランス語の単位を落としてしまい、再履《さいり》修《しゅう》をせねばならなかった。比較的得意であった英会話でも、せめてものにしなければと新宿にある語学専門学校に別途通ったのである。

そこで米人の講師アンディと出会った。長身で精悍《せいかん》、背丈が違い過ぎて見上げるようだったが、ノッポと小太りの若い男女が恋に落ちるのに時間はかからなかった。挙句《あげく》、大学よりアンディといる時間が長くなり、遊ぶ金を稼ぐため、スナックで働くようになって自然と退学になった。アンディは、つき合って一年後に韓国に行くといって去っていった。輝美は、さすがに韓国までも追いかけていく気はなかった。当時の外国は生活するには遠すぎた。アンディは、やさしくていい恋人であったが、日本に腰を落ち着けそうではなかった。その後も時々思い出したように連絡はあったのだが……。

グアムの入国審査は、テロ事件があったためか、わりと厳格であった。他に異物の持ち込みはありませんかと、二度、三度、聞いてくる。ナシングと語気を幾分強めていうと、やっと通してくれた。先に出て後に続く萌を見守る。

例年、七月末から八月初めの猛暑の時期に、砂原利は、バカンス休暇を取るのである。今年は、新人ホステスの萌《もえ》とともに、直行便のあるグアムに飛ぶことにしたのである。もっとも、グアムの日本語学校に、若かりし学生時代の語学専門学校の講師であった、園田邦夫《そのだくにお》が学校長として赴任していた。青春時代の語学校でのつながりは、細々ながら三十数年のときを超えていまだに健在であった。園田とは七年ほどまえ砂原利で再会してから久しぶりである。園田は、六十五歳で退職して再雇用となりグアムの日本語学校長として赴任した。六十七歳となっていた。

「ハーイ輝美さん、お久しぶり元気ですね」

「園田先生こそ、お元気で」

輝美は、国際空港の出口に迎えに来てくれていた園田とハグした。

「こちらは、同じ店の萌さんよ」

「ようこそ、グアムへ」園田の出した手を萌は握りしめた。

駐車場まで歩き園田のシルバーセダンのトランクに荷物をいれて、ホテルまで送ってもらう。右手に海を見ながらヤシ並木の道路を南下していく。

「そんなに混んでなかったからか入国審査で結構聞かれたよ」

「ふふっ、ママは日本人に見えなかったのでしょうよ」

萌の言葉に、輝美はそうかなと思った。今回の旅行に際し、短い頭髪を茶色に染めてカーリーヘアにした。これにうすい色の縁なしサングラスをかければ、随分と若返るのだ。

「予定ですが、あさって知事の私的パーテイがあります。選挙の資金集めのパーテイだから、比較的自由に参加できます。私も申し込んでおきましたから、ご一緒しましょう」

「ありがとうございます。楽しい滞在ができそうです」

「グアムは、三分の一が米軍の軍用地ですからね。日本からの観光も重要な産業ですが、なんといっても軍事基地ですよ。それにアメリカの準州ですから、ここは原則アメリカですね」

「でも、ブーゲンビリアがあちこちに咲いていてきれい、あっ、バナナもなっている。まったりとしてのんびり過ごせそう」

萌が、車窓から移りゆく景色を眺め楽しげに言う。

「南海のリゾートに来た気がするでしょう、パパイヤやパンの木も自生してます。この海のむこうはフィリピンですよ。時に道路に鶏が出てきますが、すべて野生の鶏です」

「へーっ、面白そう」

三十分も走ると、セダンは海を背景にして白くそびえるベイリゾート・ホテルのエントランスへ滑り込んだ。

ボーイがすぐに近づいてきて、うやうやしくドアを開けてくれる。

園田が、トランクから輝美たちの荷物を降ろして、ボーイに引き継いだ。

「今日はゆっくり休んでください。また明朝迎えに来ます。何かあったら電話をください」

「マダムこちらへどうぞ」、ボーイは日本語であった。

輝美と萌が七階の部屋へ入り、ソファーに腰を降ろすと、カーテンの向こうには光る海が見え、すぐ下にはヤシの林の中に、ヒョウタンの形をしたプールなどがいくつもあり水もきらめいている。白、赤、色とりどりのビーチパラソルが開き、水着の若者も見える。四時過ぎでまだまだサンセットには間があった。

「ママ、プールにでましょうよ」

萌は、旅行バッグの中から衣類を取りだして、ハンガーにかけだした。

「これ、こんど旅行で着たいと無理して買ってきたんです。これを着てデッキ・チェアーに寝そべって、夕日を眺めるのが夢だった」

萌はビキニの上下を取りだして広げて見せた。赤紫のふちに青いプリント模様が入ってる。

「やはり、若さだけには勝てないね。私も持ってきたけど、すごくレトロよ。着れるかな」

輝美の広げたのは、レオタード様の水着でメタリックに紺のストライプが入っていた。見ようによっては派手であった。

「ママらしくてステキよ。ほんとにストライプが粋だわ。旅の恥は……で、着て出ましょうよ。ママ、先にシャワー室を借りるね」

二人は水着に着替えた。それぞれアロハシャツ、白のビーチウエアを羽織り、首に花柄のバスタオルをかけサンダルをはいて階下へ降りて行った。

四時を過ぎてもまだまだ明るい。輝美と萌は、プールの端をたどり、海が開けて見える処に空いていたパラソルの椅子に腰を下ろした。右手にはヤシの林が幾分傾いて茂っている。そのヤシの間に海が広がり遠くに夏の雲が湧いていた。

「ここで、横になりながら、夕暮れをむかえるって、最高だわ。映画のシーンのよう……」

「萌ちゃんは、肌が白くてピチピチしてるから、ロマンチックだけど、あたしは、たそがれ年金生活者の時間つぶしに思われるよ」

萌の横のチエアーで背を伸ばしながら輝美がつぶやく。ゆるやかな風がほほをなぜて、低温サウナに入っているような心持である。輝美はボーイを呼んでトロピカルドリンクを二つ注文した。

「あたしとじゃなくて恋人と来たかったんじゃない。萌ちゃん、恋人はいるの」

「ううん、なかなか、これっていう男はいないわ。ママはどうなんですか」

「そうね、園田さんのことは話したよね。若いとき園田さんと同じ語学学校の講師でにくい奴がいたんだけどね。初めての男ってのは、忘れがたいね」

「へえー、珍しいですね。ママが自分を語るって……それで」

「英会話のアメリカ人講師で、五つ上でね、グレーの髪に青い眼、それだけで夢中になってね。背が高く体もしまってた」

「それで、どうなったんですか」

萌が横向きになって乗り出すと、水色のトロピカルドリンクが二つ運ばれてきた。

「同棲して一年近く続いたんだけど、急に韓国に行って新たな仕事をするっていって去って行った。当時の韓国はまだ戦後の傷が見えててね、追いかけていく気はなかった。同棲も白い眼で見られる時代だった。その後日本に帰ってきたときに、時々会ってたんだけど」

「それで、おしまいになったのですか」

「面白い奴でね。夢中だったころ、日本人の女性は横に割れてるって信じてたっていうんだよ。まじまじ見るから、バカバカしさを通り越して爆笑だった。日本へ仕事で帰ってきたときは会ったりしたけど、その時あたしは、お水の世界にどっぷりだったからね」

「へー、ママの青春って面白い」

「萌ちゃん、ナンバーワンに美人無しって知ってる。こうみえても新宿のゼブラって店で二年目には売り上げナンバーワンを張ったよ。それから、店を出したいからって、チーママとして四か月無給見習いをして、郷里なら比較的安く店を出せるって帰ってきたの」

陽が傾いてきて正面から射しこんできた。顔が赤く染まり、ヨットがシルエットになって遠くに見える。

「そうだったんですか……ママちょっと水につかって冷やしてくるね」

萌が、プールの手すりにつかまって、こわごわ入って行った。しばらく水のなかで泳いだり、あおむけに寝そべって浮かんでいた。

「ママも入ったら、すごく気持ちいいよ」と、プールの縁へ寄ってきた。

「わたしは、ふやけたビヤ樽《だる》になりたかないよ。いやだよ」

聞こえたかどうか、ややあって萌が水をしたたらせながら戻って来た。ああ気持ちいいと、バスタオルを巻いて椅子に座った。

「黒こげになって帰るかもね」輝美は飲み終わったグラスを置いた。

「着替えたときに日焼け止めを塗ったから大丈夫よ」

萌が濡れた長い黒髪をほどき、また後ろにまとめる姿を見て、輝美は、髪も若さだと思った。百六十センチを優にこすボディの主でもある。この若い迫力ボディだけはいかんともしがたく負けている。

「なるほどね、ところで萌ちゃん、お水の世界に入って、今後どうするの」

「それが、はじめは興味とお金が目当てだったのだけど、まだ、なにも考えてないんです」

「わたしの場合は、気がついたらママになっていた。お前は可笑《おか》しむぜって言われてね、帰ってきて店をはじめたら、結構いい客がついて、それにパトロンもついたから、順調にやってこられたけどね」

「可笑しむぜ、ですか……」

「美人じゃないけど捨てがたい可愛さがあるってことかな」

「ふーん、面白い人生を歩んで来たんですね」

「焼酎造りの社長の紹介で、大阪の化学薬品会社の役員を紹介されて、こっちの工場に来るときはいつも一緒で、いい人だった。バブルの時はすごくてね、冬レストランで食事してたとき、突然、毛皮のコートを買いに行こうと、食事はそこに残して、またすぐ帰ってくるからと、デパートにタクシーを飛ばしたこともあった。男の価値を金ではかる時代だったかもね。わたしを驚《おど》かすのが好きだった」

「そういう話を聞くと、夜の世界で一花咲かせてみたい気もするし……」

「でもね、巧くいくといいけど、嫌いな奴と金のために寝るってこともあり大変だよ。クラブ経営を学んでいたとき、ママが、しみじみ言ってた。好きでもない男と五万円の金のために一晩過ごすと言うのは、苦痛でしかなかったが、病気の母や弟の学費など六人の家族を養うには、大金だった。でもいやな気持は変わりなかったので、遅れて行って早く帰ろうとおもったけど、朝までネチッコかったって、でも、それに耐えるぐらいないとクラブなんてやってけないよ、趣味じゃなく金儲けだからと厳しく教えてくれた」

海の向こうに大きな朱色の玉が沈みだした。二人ともしばらくは無言で見つめていた。アカネに焼けた雲を残して周りが紫に変わりさらに漆黒に包み込まれていく。プールサイドに灯りがともりだした。

「……しかし、奴《やつ》を想うとまだかすかにうずくね。熱かった青春が返って来てあたしを満たす……」

黄昏《たそがれ》の中にたたずんで、弾んではじけた時が暗闇に収まって行く……そろそろ食事の時間だね、いこうか。

「ママの話を聞けてよかった」

「萌ちゃん、男って勝手だからね。あいつは夢を追って……アンデイは、エージェントだったんだ……韓国の商社に就職して、コンサルタントとして東南アジアを飛び回って、さらにはイラン、エジプトに渡り、アラブの石油ブローカーのロビイスト、情報屋のような仕事をしていたのよ。マメリカ人って、世界を自分の庭のように考えていて、凄くかっこよく思えたけど、こういう男が女を不幸にするのよ。家庭に収まってくれるような奴じゃない。若い頃は、そういう彼の夢にいっしょになって燃えたのだけど……やはり、ついてく自信はなくて……けど愛しい」

今までがつぶやきになって響く。

「萌ちゃん、これで、このお話はおしまいね。これっきりよ」

二人は立ち上がり並んでホテルのなかへ帰っていった。

今晩のディナーは和洋折衷のバイキングで、にぎり寿司から焼肉、パスタとなんでもありだという。

翌日は、昼前から園田校長の運転で島の観光へと出かけた。

園田は、パンフレットの略図を輝美と萌に示しながら、グアムの中央部、タムニン地区を抜けて首都ハガニアを案内すると言う。グアムには先住民のチャムロ族がいたが、マゼランが十六世紀にこの島に到達してからはスペインの植民地となった。その遺跡がハガニアに数多く残っているのだと教えてくれる。

先ず、先住民のチャモロビレッジの街並みを眺めた。水曜日の夜にはマーケットができて屋台も並ぶと言う。赤い屋根に白い壁の家々は陽光のハレーションをうけて幻想的に映えている。やや早かったがレストランで昼食となった。バーベキュー・チキンとスペアリブ、サラダにレッドライス、そして最後はトロピカルデザート。萌が、「ワーけっこう、これ重いね」と驚いていたが、どうして見事に平らげた。

昼食をすますとアフガン砦に向かい、丘に残されたスペイン軍の大砲の横から、ハガニア市街と湾を眺望した。次にスペイン広場へいきますよと、園田が先に立ち案内する。そのあとをTシャツにジーンズの萌が続く。輝美は、二人の後をゆっくりとついて行く。スペイン広場は、芝生が敷かれ樹木の点在する広大な緑の空間であり、一帯にスペインに因《ちな》んだ名跡が数あるという。

総督邸の石造りのテラスの跡にたたずみ、武器庫、簡易小屋、それに総督婦人がチョコレート・ドリンクでもてなしたとの謂《いわ》れのある、チョコレートハウスを順に歩いてまわった。広場の端の少し先に坂があり、坂を上った処に現知事の公邸があった。鉄のアーチ門をとおしてアプローチに続く白亜の二階建てが見える。ホワイトハウスとも呼ばれており、一階には曲線のリズムを連ねた屋根の回廊が見えた。

「明日の夜、ここでパーテイがありますのでよろしく」

「園田先生、装いはどうするんですか。フォーマルですか」萌が聞いた。

「そうですね、この気候ですから。わりとラフな装いが多いですよ。ただジーパンじゃどうか。礼を失しないようにしてください。若い女性は着飾っても当然じゃないですか」

「わたしは、どうしようかね」

「ママは、その貫禄《かんろく》でなんでも似合いますよ」

「それ、お世辞には聞こえないけど」ハハハ、失礼、失礼と園田が笑う。

公邸を後にして聖母マリア聖堂などを見て広場を後にした。

帰路、三人のセダンは著名な恋人岬に立ち寄った。遠くフィリピン海を望んだ岩壁に三人が並んだ。輝美が恋には反対が付きものだね、それで悲恋となり最後は心中のパターンだねと、しんみりと述べた。園田が、では本日はこれでホテルへ戻りますと言う。

車のなかで歩き疲れた気だるさがただよう二人に、かみしめるように語り始めた。

「グアムは、先の大戦中に三年ほど日本の占領統治下にあったのですよ。その遺跡、戦争の残骸も多いけど、何となく直視できない気持ちですね。無条件降伏を知らずに、グアムのジャングルに二十八年も潜伏していた日本陸軍の兵もいました。幸い日本語学校はなんの屈託もなく日本語を教えていますが……日本人は、グアムはリゾート地でいやしの天国みたいに思ってますが、どうして侵略と戦争の歴史で染められています。現在もアメリカの準州であり、東アジアの軍事拠点の中心ですし……歴史は過去ですが……見ようによっては、厄介ですね」

輝美も萌もなるほど、そんなもんかとうなずくが、グアムのこの気候はリゾート地にしか感じられない。

「明日は、夕方の六時ごろに迎えに来ますからよろしく」

ホテルのアプローチで二人はセダンを降りた。

一夜明けて、ゆっくりと過ごしていたら、はや午後となり萌がそわそわしだした。ドレスを三つほど取りだして、どれにしようかなと、鏡に向かって相談し始めた。

「萌ちゃんは若さだけで十分だよ」輝美が後ろに立って言う。

「ママ、サツマには社交界ってないじゃないですか。日本でもまだ定着してない。今夜は本場の雰囲気を味わえるチャンスなのよ」

「わかるその気持ち、学生の頃、アメリカン・スクールのダンスパーティに潜り込んだことがあって、壁の花だったけど、若い男の子同士が一人の女性をめぐって争ってる場面にでくわしたの。二人の会話は、速くてよく分からなかったけれど、雰囲気で分かった。かっこいい男の子が、それこそ互いに鼻が触れ合わんばかりに、相手を睨《にら》み合って罵《ののし》った。お前は彼女にふさわしくない、彼女から手を引けってことらしかった。取り合いになってる女の子も皆といっしょになって成り行きを見守ってる……ほんと映画の一シーンみたいで、おなじ空気を吸っているとは思えなかった。その女の子にとっては勲章なのよ」

「そう、やはり、若いうちに花になりたい」

萌が、やっぱ、これにしようと薄い藤色のドレスを当ててみていたが、決めたように着替えだした。もう少し若さを出したいな、とスーツケースのポーチの中からジルコンのヘアバンドをとりだした。

真ん中で分け、まとめた黒髪に銀色の細いヘアバンドが光った。

「萌ちゃん、その三つ光ってるのは、まさかダイア?」

「いやだ、ママ」萌は少しはにかんだ。

「萌ちゃん、そのまさか、なんだけど。萌ちゃん、家計を助けたいといって応募してきたよね」

「いやだママ、この世界でホントのことをいう人はいないって、ママは何時もいってるじゃない」

ヒールの高いサンダルを履いて立つと、萌はますますすらっとして、黒髪の桂冠が光るさまは、ちょっとしたミューズ（女神）の誕生であった。

んん、若いって装いにも結構時間がかかるものだね、わたしは、地でいけるからさ。輝美は、独り言のようにいうと萌から離れてフォーマルなパンツスーツに袖を通しだした。

園田に続いて受付で署名をすると、「こんばんは、ようこそ」と、日本語であいさつされた。園田が寄付金の封筒を差し出すと、タンキュウ、といったように聞き取れた。

三人がリビングのパーティ会場に入ると、黄色のワイシャツにノーネクタイの知事が、前に出てスピーチを行っていた。客の間をぬって白い調理服を着たボーイがカクテルを運んでくる。三人とも水色のドリンクを手にして、トロピカルな花とオードブルやフルーツで飾られているメインテーブルのやや後ろにたたずんだ。しばらくすると知事のスピーチが拍手の中で終わって、次は選挙対策本部長のスピーチだという。スピーチを聞き流しながら、輝美は美味しそうなオードブルをつまみ出した。

「あとで、知事が回ってきますからその時紹介しますね」

園田も手を付けながら輝美と萌にささやく。だんだんと混んできて、四十人ほどでリビングはいっぱいになった。

スピーチが拍手で終わり会場がざわめきだした。知事がこまめに動き出した。それぞれに語りかけ、ハグしたり握手をしたりして来客の中に入りこんでくる。園田は、近くにいた知り合いと話しだした。輝美は二杯目のトロピカルカクテルを手に取った。萌はにこやかな笑顔をふりまき周囲を見回している。

人の波が割れて園田の前に知事が現れた。

「園田さん。きょうはありがとう」園田に向かって握手をする。

「知事さん、おかげさまで語学学校は順調です」とお礼を述べた。

「あっ、知事さん、こちら日本からのお客さんです。マダム、ホクシンとパートナーのモエさんです」

「ああ、ようこそ。ガバナーのギルガムです」

四角張っているが丸い厚みのある顔の知事は、がっしりしていて輝美に手を差し出した。二、三度大きく腕をシェークすると、次に萌に差し出した。萌は右手を差し出すと、軽く両膝《りょうひざ》を曲げ腰を落として優雅にうなずく。

「知事に、お会いできて光栄です」

「いや、こんな素敵な女性と出会えるとは、今晩のパーテイは大成功ですね」

知事が笑顔をつくり、まじまじと萌を見つめだした。

「知事、こちらのお二人は、グアムにパブを出せないかと、このたび日本の九州から来られたのです」横から園田が説明した。

「それは、いい。どんどん進出してください。期待してますし私も応援します」

「ありがとうございます。その時はお世話になります」輝美が答えた。

「ではなごり惜しいですが、またのちほど」

知事は、二人に笑みを残すと隣のグループへ移っていった。

知事が二人から離れると、待ち構えたように若い男性が、グラスを持って萌に近づいてきた。ブロンドの髪にグレイの目を持った、アメリカ人のようであった。

「グアムは、はじめてですか。流れるようなバイオレットのドレスに包まれた貴女は、この澄み切ったグアムの海から生まれ出たようですね」

「あら、グアムのミューズをご存知なかったのですか」

歯の浮くような社交会話を隣で聞いていた輝美は、萌の育ちは並み以上じゃないかと思いなおしていた。簡単な英語を使いこなし、なかなか粋《いき》で、どうに入っている。それにしても萌の若さだけはうらやましい、若さだけは帰ってこない、あたしにもあいつと、ああいう弾んだときがあった。輝美はカクテルグラスを空けテーブルに置いた。

若い二人は、テラスのガラス戸を開けて、寄り添うように庭の茂みへと消えて行った。

3

深見は、三週間で九十枚の「ホテルワーフ　グアムの荒波」を書き上げた。先ずは輝美ママに見てもらおうと、携帯で連絡を取るが、何度かけても「只今、通話できません」としか、返ってこなかった。どうしたのかと、砂原利まで出かけていくと――八月三日までの一週間夏季休暇です――との張り紙がしてあった。短編を書き上げたことを携帯メールに入力してセンター預かりにした。

五日後に、やっとメールでの返信が入った。原稿を見たいから、別記住所に送付してくれとのことで、読んだらまた連絡するとのことである。

それから一週間経った盂蘭盆《うらぼん》の直後に「読了しました。都合のいい時に、ご足労ねがいたし」のメールが入った。

その日の午後七時過ぎに深見は天祥通りを砂原利へと向かった。

小説を書き上げた後は、フィクションの世界から現実に舞い戻ってきて奇妙なものである。新聞を発行した後よりも、著者としての責務が募っていた。似て非なるかたまり、自分の分身を産み落としたような面持ちがする。書いたぞ、という自負は、改めて読み直してみると、すぐに後悔へと色あせていく。意図するところを十分に書き込んだつもりだったが、再読すると云いつくしたとは思われない。まだまだ書き足らないのである。が、くだくだと一人称の愚痴めいたことを無限に書き綴れば、読む方は退屈としかいいようがない。かえって焦点がボケてしまう。はじめての小説を書き終わっての虚脱感に打ちのめされていた。

角の花屋のショーケースには、いつものように胡蝶蘭《こちょうらん》などが咲き誇っていたが、心は花の上を素通りしていく。五階建てのビルを見上げて、はやる心と気後れとを抱えながら地下へと降りた。通路の突き当りにいるチーターは余所を見ていてつれなかった。砂漠のオアシス、グリーン色の大振りのドアを引いた。

「いらっしゃーい」ややかすれたアルトの声が響いた。

「しばらく、グアムで遊んできたの」

ビールでいい、といいつつグラスをだす。ママは、前より精悍《せいかん》に見えた。

「少し、焼けたんじゃない」

「そうかしら、あのね、グアムは軍事基地なのね。それで小説のネタになったこの一件ね、落着したみたいよ。設計士の口座に、七百三十五万円の設計代金が振り込まれたみたいよ」

「ええつ本当、じゃ現実に解決したんだ。どうして？」

「それで二か月前に出た、この新聞のニュースを見た」

輝美ママがカウンターの下から、一枚の新聞を取りだした。

――沖縄海兵隊、グアム移転費復活へ――

小さな見出しが目に飛び込んでくる。日付をみると社を辞めてからの記事であった。

――二年連続で凍結される予定のグアムの移転費が、米議会で復活することになった。日本政府も約半分を負担することとなっている――

ネットでは、収録されていなかったのか見当たらなかった。ベタ扱いの八行記事と言うことは、ニュースとしてのバリューがなかったということだろう。いや、重要な記事を事情により、かえってベタあつかいにして、さらっと流すのはブン屋の常套《じょうとう》手段でもある。くそー見落としたかと、唇をかむ思いであった。

「でね、グアムで聞いたところでは、あそこは外国でしょ、工事の中断と復活は日常のことだそうよ。

ホテルワーフの軍港では、米軍発注管理としてちゃんと工事が始まっていたわ……わたしものどが渇いた、ビールをもらうわね」

ポンと音がして、オリオンの中瓶《びん》の栓が抜かれた。深見は、ビール瓶の口から流れ出る冷気を見つめながら固まっていた。

「でね、本論にもどろうか、深見君の小説だけど、はっきりいって面白くない。新聞でもわかるとおり、そもそも今回の件は、米国の予算の都合だったと考えられないかしら、その大波に翻弄《ほんろう》された結果だと。その巨大な敵を相手にして単身で乗りこみ、設計の事実をホームページでばらすというのは一種の脅しだけど、巨大機構を相手に立ち回りが過ぎる気がする。無理が見え見えで、かえってチンケすぎる気がするのね。ハードボイルドに仕立てたとしても、中途半端すぎるよ。巨大な力に弱小者が力で対抗するって、カッコと意気込みは買えるけど、よほどうまくさばかないと。現実には蚊がさしたほどもなく、無視されるか簡単に潰されるかだわよ。どうぞどこにでも訴えてください、ただし、訴える相手を間違えないようにって、その辺りが落ちじゃない。それに読者層をどこに設定してるのかも、わからない。分別の付いた大人か、まだ発展途上の若者なのか、男女どちらなのか、まあ著者は自分が書きたいように書くんだけど、ホントにそれでいいかも一度は考えなきゃ。作文じゃなくて、読者が読むに値する小説を書かなきゃ。お金をだして買ってもらうものでしょ小説って……」

ママは一気にいうと、グラスを飲み干した。

「次に、作者が何を考えて何を書きたいのかが、全然わからない。ただ活字を並べているって感じで、読む者を引き込まない。新聞の記事を単にふんふんって読んでるみたいよ。作者の視点のブレもあるから、読む者がこんがらかる。説明もくどすぎて、ハードボイルにしてはスピード感がない。ああ、言うの疲れた……要するに、読んでもらうことは、読者の貴重な時間を泥棒することだから……ここんとこ、わかる？　この小説は破綻《はたん》していると言われるんじゃないかとか、恐れてては小説は書けないよ。破綻があっても当然じゃない、それぐらいでないと」

いろいろ迷っていることをズバリ指摘されると、さすがにカチンとくる。

「ママ、そこまで言うと俺が小説家として能無《のうな》しってことじゃないか」

「あら、そんな言葉もあったようね」

しゃあしゃあと輝美は眼を合わさずに言う。さすがに深見が切れた。

「わかった、分かった、ママもういい。書き直せばいいんだろ、書き直せば、もうやめてくれ」

深見は二千円をポケットから出して、カウンターを立った。ドアを出ようとするとき、入ってこようとする萌とかち合った。あら、ごめんなさいと萌が脇へ引いた。深見は萌を無視して憮然《ぶぜん》として出て行った。

また喧嘩してしまったか、デスクとやったときの激情が戻ってきていた。そして、後頭部が激しく興奮して高速空回り回転で、オーバーヒート状態になり止めようがない。

アパートに帰ると、パソコンのスイッチをいれ、立ち上がるのももどかしく、小説の題名を打ち直した。『ホテルワーフ　グアムの高波』、荒波にのまれるのではなくて、高波をいかにしてサーフィンで上手く乗りこなすか、じゅっくりと味わえる小説にしようと思ったのだ。題名を変えると不思議なもので、悔しさの波の中から題にそったストーリーが、かすかに浮かびあがってきた。

十日の間、書き直しに没頭した。

朝は、アンパンかクリームパンにコーヒーか牛乳、昼はほとんどインスタントラーメン、時に弁当屋ののり弁、夜はノンアルコールビールに烏賊《いか》や焼き鳥のかんづめ、コロッケなど、お口直しにニュースを見る。考え続けて、深夜、寝ていて突然に一節が浮かぶ。と、飛び起きてメモをとる。冴えわたっているときは、そのままパソコンに向かう。いつしか作中の人物、背景と一体化していった。

書くことは精神力以上に体力であった。眼から肩、そして腰へと疲労が幾重にも積み重なって行く。へとへとになり、きしむ体をベットに投げると、まだ生きていた精神が高まり文章が浮かんでくる。ふたたび体を引きずりだしてパソコンに向かう……パソコンの周りは本や資料が重なり山となる。それをひっくり返して必要なものをさがす。

身体がベトついて来て思い出したように風呂に入ると、バスタブに垢《あか》が浮き髭《ひげ》が随分と延びていた。鏡に映るやつれた顔をみて、作家らしくなったじゃないか、とうそぶいた。

十日目に、もう書けないとパソコンを離れた。書き直しが一区切りしたのだ。書くときは書くんだザマを見ろと読みかえすと、再び才能のなさに、そこはかとなく打ちのめされる。だが、今の力ではこれ以上は書けない、破綻していると言われても激情をそそいだ分身である。原稿を細かく推敲していく。四度推敲すると、これ以上はかえって文章をこわすと、推敲の気が忽然と消えて行った。

パソコンから打ち出して、読めるなら読んでみろと輝美ママに即郵送した。憑《つ》いたものが落ちたように翌日はこんこんと眠り、脱力感からしだいに自堕落《じだらく》な生活に帰っていく。幾分元気を取り戻すと、ぽっかりと空いた時間をうめるべく外に出た。寿司を食ってビールを飲みパチンコ屋をのぞいてみた。スロットの台に向かうといつしか夢中になった。九千円めを注ぎ込んだ時にフラグがたってビッグボーナスを引いた。おめでとうのランプが輝く台の上の回転数をみると、四・四・四が点滅していた。こいつ、まだしつこくつきまとってくるのか。苦笑いとなった。八連荘《れんちゃん》をして三万三千円を換金した。

しばらくは焼酎スピリットで癒《いや》しの日々を送ったが、癒されてくると、その分だけまだ書き足りなく思えてくる。あらたな不満が少しずつ息を吹き返してくる。まあいいか……次作への挑戦意欲がおいかぶさってきて、ふつふつと気がみなぎってくる。次は、より良いものが書けるに違いない。自然と足がブック・コンビニへと向かった。

棚から無造作に文庫本を引出しレジに出すと、評論に短歌集、ライトノベルにポルノ、ミステリーにヤオイなど、十冊を超えた。大事にそれらを抱えて帰ると手当たり次第に読み漁《あさ》る。また、書きたいものが形をともなって見えてくる。大判のノートを取りだして、浮かんでくるイメージとはずせない文章を書きとめだした。

ひと月以上たって秋もたけなわを過ぎた。

輝美ママからは、なしのつぶてであった。そんな昼過ぎに一通の郵便が届いた。差出元は三國《さんごく》小説協会とある。いぶかしげに封を切って手紙を広げた。

——拝啓、ますますご健筆のこととお喜び申し上げます。さて、今回ご応募いただいた貴作『ホテルワーフ　グアムの高波』につきましては、応募総数四百三十一作のなかから、一次選考三十四作に残りましたのでお知らせします。二次で十作品、最終候補で四作品にしぼられます。最終候補になった場合はお知らせしますが、それ以外にはお知らせ致しませんので、あらかじめご了承願います。敬具——

うおーっと、驚きがでた。なんなんだ、これは！

ややあって、輝美ママなのだと、がてんした。一呼吸、二呼吸……深呼吸をして、さっそく携帯のボタンを押した。ツルー、ツルー、ツルーなかなか出ない。一旦、きって五分ほどしてまたかけた。

ツルー、ツルー、ツルー、ブッと音がした。

「ママさん、ご無沙汰いたしてます、深見です」

「しばらく、ご無沙汰ね」

「ママ、三國小説賞の一次候補に残ったって通知がありました」

「ああそれ、推薦状を着けて送ったからね。よかったじゃない」

「よかったも何も、ママからなにも連絡がないから……いや、ありがとうございました」

深見は携帯を耳に当てたまま、深々と礼をした。

「近いうちにでてくれれば、八時前の客としてね……」

意外に素っ気なく携帯は切れた。だが深見は、今晩にでもいかねばと決めた。


七時過ぎは、どっぷりと暮れていたが、天翔通りの街灯はほんのりと赤らんでいた。角のガラス・ウインドウの中で、胡蝶蘭が白く並んで揺らぎ深見にささやきかけてくる。五階建のビルも今宵は大きく両手をひろげて、ようこそと出迎えてくれた。

ドアを開けて、いらっしゃいの声に迎えられカウンターに座る。ビールのステアグラスが目の前に据《す》えられる。

「まず、乾杯しましょう」ママとグラスを合わす。チーンと澄んだ響きが広がっていく。

「小さな一歩でも進んだからいいじゃない。二次はなかなか難しいと思うけど」

「うん、これで小説が書ける気がしてきた。どんどん書くよ」

「ヘタウマかな。今度のは文章に熱気がこもってた。自分は、リアリズムじゃなく、ファンタジー作家だってわかった？　昔の話だけどね、某民俗学者が日本各地の伝承文学を集めていて、ある老人に聞いた実話だというのだけど、すごいのよ。極貧で食っていけなくて、まだ幼い息子と娘からひもじくて、ひもじくて生きる望みも気力もないから、お父ちゃん、私たちを殺して、楽にしてと言われた。それで、泣く泣く斧《おの》でこどもの首を落としたという話を書き残しているの。息子と娘は痛くなくてよく切れるようにと、最後の力で自分たちで斧を研いだという。深見さんは、そういう話に耐えられる精神力を持ってる？　また、庭の鶏を自身でつぶして、ごちそうが造れ平気でうまいと食べられる？　今の自分に書けるものでしか勝負できないんじゃない。そうしたらファンタジーになるんじゃない。ハードボイルドを気どったとしても、しようがないよ。まだ本質が違うんだから。ファンタジー・ロマンよ、その方が女性も読める。ただ商業出版となると、荒馬に飛び乗る離れ業《わざ》も必要かもね。」

ママが、ピーナツとアーモンド、黒糖のキューブを小皿に出した。

「でも、知事主催のパーティに美人の日本女性がもぐりこみ、パーティの取材に来ていた米軍の若い報道官をとりこにして、彼に設計の権利の買い取り交渉を迫るというのは、そんなのありかと思わせて結構面白いと思うわ。どこで知恵をしいれたの」

「ふふ、どこからでしょうかね……それはママは知ってるはずでしょう。だけどママ、この設計の事件はホントにあったこと？」

「そこをいっちゃ、お終《しま》いてとこ。言ったでしょ、この夜の世界で本当のことを言う人はいないって、ただ、漁業施設ってのは真っ赤な嘘で、コンクリート造りの堅固な建物は、軍事施設となるようだけど。予算獲得の必要から急いで民間に設計させたもののようね」

「ママ、それホント？」

「それもウソかもよ。嘘であった方がいいこともある。この世は戯画に満ちてる。欺瞞《ぎまん》だ……といってもいいかしら」

「なるほど、そうだった」

いままで、ブン屋として事件を記事にして載せてきたのだが、真実にどれだけ迫ってたのだろうか、ふと考えた。一面の事実を切り取ってたとは思うのだが……。時計を見ると八時に近くなっていた。

「ママ、ありがとう今日はこの辺で、ありがとう」

再度グラスをママに捧げて残っていたビールを飲みほした。


秋も去って行き師走の喧騒《けんそう》に入るころであった。

深見と輝美ママと萌が、砂原利のボックス席に腰掛けていた。

六時半から、「これからの前途を祝して」と三人でのパーテイを開いてくれたのだ。結局、三國小説賞は一次止まりであったが、新人に期待するとして地元の小説雑誌の表紙を飾ったのである。三國小説賞一次候補作『ホテルワーフ　グアムの高波』と紹介され全文が掲載されたのである。三國賞は中国、四国、九州の三地域が、東京、関西に対抗して設立した、地域の作家を育てる賞であり、新人「深見みなみ」は国際的な時代を見すえて地域で幅広く活動する可能性を秘めているとの評を得た。第一歩としては大成功といえよう。

「賞を取り売れる作家を目指して、カンパーイ」

ママが音頭を取り、深見と萌もワインのグラスを掲げた。

「いや、ママに鍛えられたおかげで小説が書けた。もう次の長編を書き始めたよ」

「ふふっ、小説はある意味で読者との対話かもしれないし、作者は一人で書くと思うけど、結局、周りや環境が書かせるんではない？　どう、みなみさん、わたしが書かせてるって思う？」

「それについては、コメントできません」

ちょっと考えたのちにきっぱりというと萌が笑った。

あの時、萌から何かあったのと電話がなかったら、グアムの高波は最後まで完成しなかっただろう、そのことはママは当然に知っている？　いや、ママが萌に電話させたのかもしれない。

「小説を書いて初めて世の中は神秘と謎に満ちてるって、わかりましたよ」

みんな秘めてて、みんないい、そこに社会のいや人生の奥深さが出てくる。それをすこしでもヒモ解くのが小説だと考え出している。

さらにブン屋根性もまだ少しは残っていて、苦労していくらかの情報を仕入れた。

萌は、祖父の遺産を少なからず相続している。

その萌から聞いたことだが、ママは文学少女で、若き日に文学賞の最終選考に残ったことがある。

さらに砂原利のボトルキープの棚は、二重になっていて、前の棚をスライドさせれば見えない後ろの棚が現われ、中には本が詰まっている。その中で一番のお気に入りは某版画家の表紙絵と挿絵《さしえ》の入った耽美《たんび》主義者の作品で、表紙や挿絵に描かれた裸のふくよかな菩薩を自分になぞらえているとのことである。

アンデイ……ママのはじめてで忘れえぬ人の職業はエージェントだったと言う。それが、いっしょになれない最大の理由だったのだと。アンデイが韓国から日本へ帰って来てママと会ったあとに、ママのアパートに外事警察が訪ねて来たのである。アンデイはダブル・エージエント、二重スパイの疑いがあると言う。彼との関係や知っていることを根掘り葉掘り聞かれた。そして日本へ帰ってきたときには、必ず連絡してくれと厳命された。

しかし、ママにはアンデイは、愛《いと》しいアンデイでしかなかった。それで目立たないように東京を引き払って郷里に帰ってきて、いまだに彼との再会を待ち望んでいるのだ。いつまでも待っているから、いつかは帰ってきてとの手紙を毎年いくつも出した。

東京などのメガポリスでは、エージェントなどに出くわすことは、日常生活の一端でもあろう。いや、地方の日常でもあるかもしれぬ……酔いのまわる頭が物憂げにつぶやく。やはり現実世界は戯画的だ。どっぷり戯画のなかに浸《つ》かる面白さが分かってきたぞ……と。

深見は酔いの目でママを見て萌を見て、そして口を開いた。

「ママ、一度やってみたかったのだけど、あの砂漠の薔薇にアルコールをかけて火を着けたら綺麗じゃないかな、燃える薔薇って神秘的じゃない、今やってみない」

「そう、だけど……巧くいくかしら」

輝美ママはちょっと考えたが、そうね火遊びをしてみようか、とのってきた。

テーブルに、皿に乗った飴色の薔薇を出した。うえから黒糖酒の四十五度をふりかける。ライターで火を着けた。ボーッと青白い炎があがった。うわーっ、きれい、と萌が声を上げる。一瞬の希望をともして薔薇は再び静まり返った。

何か願い事をした、ママがポツンと言った。

特に、と否定したが想いはすでに出来上がっていた。——砂原利倶楽部、ここは俺一人の記者クラブいや小説クラブだ。ここから社会派の心に残る作品が生み出されていく——


十二月もあと二日と少なくなり長編が三百枚を超えた。

書き淀《よど》みながらも少しずつ前へと進んでいる。

「世の中は常に戯画に満ちている」が俺の信条になった。だから楽しいのだ。数字のマジックに捕らわれていたのが、いつしか、四・四・四をヨシ、ヨシ、ヨシ、やるぞーと読めるようになってきた。

社会の公器を自認する新聞は、表層だけに光を当てている。対して小説は、社会の構造と人の心裏の奥深くまでを自由にえぐり取ることができる。だから書くのだ。

砂原利倶楽部、俺はサハリと名付けたママの奥底を理解している……いやこれは真実であるはずだ。ひょうきんな顔をして倶楽部のドアの横に座るチーターは、帰らぬであろうアンデイを、永遠に待ちつづけるママの姿なのだ。チーターの上目遣いは、砂原利の番をしているのではなくて、疲れてもなお待ちつづける憂いに満ち、それでも彼の帰りを信じている。

砂漠に咲いた枯れた薔薇は、アラブにいたアンデイからの唯一の贈り物であったのだ。そして、その後のアンデイの消息はわからない……。

まえに見たスパイ映画が鮮明になって現実にかぶさってくる。

部下の優秀な諜報員の任務遂行と無事帰還を祈って待ち、焦燥《しょうすい》する女ボス……女は男を待つことで愛を高め、待つことに人生を賭けるのか。一人芝居のヒロインとなって、セピア色に焼けた想い出のなかに入りこみ、純粋な思いと厳しい現実を織り交ぜながら演技を続け、生きる心の糧《かて》として永遠に保ち続けていくのか。

それが、ママのこれまでの人生を賭けて紡ぎだした現実小説なのだろう……ママ、もう思い切れば……。残酷かもしれないが、その気持ちを込めて薔薇に送り火を着けたのだが、いや違う、その前に、一瞬でも薔薇として、本来の花の光りを咲かせてみたかった……？。

待ちわびて固まりつつも、秘めた意思を失わない砂漠の薔薇、送り火の願いはどこまで届いたのか。

ママもわかってる。分かってるのだが……もうよそう、いつか小説に、その想いをありったけ書いてやる……。

ベリンガムの青春

桑原加代子

「続きはまた来週の授業で」というワン教授の言葉で、盛り上がったディベートにやっと終止符が打たれた。宮園由樹は腕時計を見た。すでに正午を十五分も過ぎている。テキストとノートをベルトで縛ると慌てて教室を出た。

「だいぶ調子をつかんできたね。ユーキ」

走り出そうとした由樹の背中に、ワン教授の声が飛んできた。

「本当ですか。喋るチャンスを逃さないように、まだ懸命なんですよ」

「You did a good job today, Yuki!」笑いながら教授は、松林の中の教授室の方へ逸れて行った。

ワン教授は今終わったばかりのインターナショナル・コミュニケーションの担当で、中国出身である。彼の授業は討論形式で、学生の一人がその日のトピックスの提案者となり、提起された問題を全員で討議するという形をとる。春期がスタートしたこの四月、初めの頃言葉が滑らかに出てこないこともあって、由樹は目の前を飛び交う討議になかなかついていけなかった。他の人のスピーチが終わるのを待ってやっと発言しようとすると、すでに話の方向が変わっていたりした。

それを言うと、ワン教授は笑って答えた。

「他の人が話している間にアイディアが変わる場合が大いにある、そこに自分の意見を言う機会があるのだから、他の人の言葉を遮るという考え方をしなくてもよろしい。この国では途中で言葉を挟むことは、時としてスピーカーを助ける場合もあるという考えで、そのタイミングを覚えることが肝心だ」

同じ東洋民族だから考え方の根本的な違いを指摘することができるのだ、という印象をその時由樹は抱いた。

広大なキャンパスの最南端のフェア・ヘヴン校から学生大食堂まで、急いで歩いても十五分は必要だった。来訪者用の建物を過ぎた。芝生の緑がすっかり鮮やかになったグラウンドでは、赤とブルーの華やかなユニフォームの学生達がフットボールの練習に駆け回っている。アンツーカーの向こうでは犬を連れた数人の人が、木陰で昼食を食べている。学生だろうか、近所の人達だろうか。地球環境研究所と生物工学の近代的な銀色のビルを過ぎると、やっと焦げ茶色の図書館が見えてきた。由樹はいっそう歩調を速めた。図書館前の広場を斜めに抜けた。

食堂に飛び込んだ時、すでに十二時半を回っていた。天井まで高い大きなガラス窓と、ゆったりしたテーブルの配置で、大勢の学生が食事中でもそれほど雑然とした雰囲気はない。ガラス窓の向こうにベリンガム湾が輝いている。食堂内も外と同じような明るさが満ちていた。

シルヴィアとアティッサが、窓際の四人用の丸テーブルに座っているのが見えた。

マフィンとブロッコリーとマッシュルームの入ったチキンサラダとジュースにプレーン・ヨーグルトを載せた盆を片手に持って、由樹は窓際の二人の席へ近づいて行った。

「遅くなっちゃった。ごめん」

二人の皿はほとんど空になっている。由樹の顔を見上げる二人の瞳は笑っているが、話は続けたままである。シルヴィアの隣に座って由樹はサラダをつつき始める。

「ハーイ、ユーキ、お気に入りのディベート、どうだった？」

彼女が討議式の授業が苦手なことを、二人は十分知った上でからかうのである。

「あら、うまくいったわよ。ワン先生が褒めてくれたんだから……」

わざと反っくり返って言った由樹に、二人は肩をすくめて笑った。

「ところでずいぶん熱が入っていたようだけど、何の話なの？」

「ねえ、ユーキ、あなたはどう思う？　ここって、Racist Schoolだって感じたことない？」

「人種差別ですって、特別感じたことはないように思うけど……」

「ユーキはまだ来てから日が浅いからね。それに直接的ではないの、遠回しに感じるのよ」

「Racistって、シルヴィアが言うの、変じゃない？　あなたはれっきとしたアメリカ人じゃないの。外見も他のアメリカ人と同じだし……」

「他のアメリカ人ってどういう人のこと？」

「そういわれれば、そうね。アメリカ人って実に様々だもんね」

「眼の色も、髪の色も、皮膚も、おまけに言葉だって、宗教だって、生活習慣だって、全く違う同士がこの土地で生まれたから『アメリカ人でございい！』って言っているわけでしょ。アメリカってどんな国だろうって、我ながら時々不思議に思えるのよ。先祖というより祖父母が、どうかすると両親が他の国から入ってきたというアメリカ人も多いのよ、私みたいに。自分の所属する国は本当にアメリカなんだろうか、とふと疑問に思ったりしてね。なんだかアイデンティティが無いような……」

その時、由樹は中学時代に経験したある事件を思い起こしていた。朝のホームルームの時間であった。体育担当で生活指導責任者でもあった男性教師が、突然由樹の髪を掴んで怒鳴ったのである。『お前、髪を染めたな？』生まれつきだと必死で言う由樹に向かって『親の証明書を持ってこい』と言ったのである。引っ張られた頭皮のヒリヒリとした痛みが、恐怖となって背中へ広がった感覚が蘇った。白いソックス、スカート丈、服装はいうに及ばず校則という化け物が髪の毛にまで及んだのである。なぜ全員が同じでなければならないんだ、それまでなんの疑問もなく準じてきた校則への疑問が、どんどん由樹の中でふくらんでいった。目の前の教師への恐怖とじっと見詰めるクラスメートの視線への反発が、その疑問と混じり合って涙となった。

目の前の二人にそのエピソードを話したら、どんな反応が返ってくるだろう。多分その事件を正確に伝えることは不可能だろう。可能だとしてもかなりの時間を要するだろう、とその時由樹は思った。

「私なんか、雑多な民族がそれぞれ変わった考え方や生活習慣を持って、同じ土俵で暮らせるなんていいなって考えてしまうんだけど……」

「そんな考え方もあるわけね。アティッサがね、今度移ることになってるアパートのオーナーがなにか感じが悪いって言うもんだから、ついそんな話になったわけよ」

シルヴィアの父親はアイルランド人、母親はウクライナ人である。アティッサはイランから来ている留学生であった。

由樹は今居る学生寮を出たかった。ルームメイトのジャニュアリーとどうしても馬が合わなかった。入学早々、同じ交換留学生として同じ大学から来た上原佳織と同室になった時、一日も早くこちらの学生生活に馴染みたいからと外国人との同室を学生課に申し出たことが災いした。

部屋の両側にベッド、クローゼット、机が配置された二人部屋である。二つのベッドの中央の共有すべき空間にジャニュアリーのテレビ、ビデオなどが占領しているのは、先住者として許すことができた。しかし、その電気機器からは由樹の行動に関係なく、ジャニュアリーの都合だけで大音響が流れ出す。いくら抗議しても、『今私はこれが聴きたいのよ』という強気の姿勢は一向に変わらない。気質の違う人間に抵抗し続けるのも、けっこう疲れるものである。由樹は寮から撤退することに決意した。もしかするとあの中には東洋人に対する人種差別の意識があったかもしれない。その時になって初めて由樹は思った。

「ユーキ、ハウスメイトは四人、中の一人は日本人よ。みんなＯＫしてるわ。今週末に来てくれって。多分みんな揃っている訳ないと思うけれど、少なくともフミは待っているって。フミというのが日本人ね。みんな気が好い人ばかりだから、ユーキだったら大丈夫よ。ユーキのことみんなには伝えておいたから」

由樹の寮での闘いを知っているアティッサが、自分が今まで居た家に移らないか、と言ってくれたのである。その返事を聞くために、彼女は急いで食堂へやって来たのであった。

「ほんとう？　やったぁ、やっと恐怖のジャニュアリーちゃんから解放されるわ」

由樹はアティッサの右手を両手で挟んで、思いっきり上下に振った。カールしたような長い睫毛に縁取られた焦げ茶色の瞳に、由樹が映っている。彼女のはしゃぎようを見て『全くオーバーなんだから』といいたげにシルヴィアが笑った。

約束の土曜日の午後、由樹は大学の裏門から二、三分の近さのその家を訪れた。裏門からといっても日本の家屋のようにいかつい大学の門があるわけでもなく、その家はまるで大学のキャンパス内のような感じである。アティッサに言われたように、遠回りになる表からではなく裏側にある外階段を二階へ上がって行った。

《Take off your shoes inside, please.》ドアチャイムの横の小さな張り紙に、三色のインクで漫画ふうに書かれた文字があった。

ドアが開くと、台所の白っぽい床と、そこに立っている幼いオカッパの日本の少女が目に入った。小さな白い顔に釣り合わない大きな眼鏡をかけている。

「宮園由樹さんですね……」

佳織や他の日本人の友達と何かが違う少女に戸惑っている由樹にむかって、まだ小学生のような雰囲気を持つ少女が先に声をかけた。まぁるく転がるような声が、『アメリカナイズされていない無垢な日本人』の印象をいっそう強くする。それが月岡史子だった。

「あのぅ、それ」史子が笑いを堪えるようにして、由樹の足許を指さした。

「あっ、いけない」慌てて由樹は履いていたウォーキングシューズを脱いだ。二人は同時に笑いだした。他の三人のハウスメイトから、由樹の面接を全面的に依頼されている、と史子は言った。

「ここがアティッサの部屋、あの机とこのベッドは彼女が残していったものです」台所から、流し、調理台と食器入れの棚に挟まれた細い通路を表に抜けると、みんながくつろぐ居間があった。その居間にドアが開いた部屋である。

この家で一番大きな部屋、と史子が言ったとおり、十畳以上もありそうな部屋である。右の壁には煖炉ふうに見せた飾り棚があり、中央の大きな開き窓は表通りに面していて、通りの向こうにベリンガム湾が広がっている。机とパイプの枠の粗末ではあるが大型のベッドだけが部屋に残されていた。

「素敵だわ!　ここ借ります」

部屋よりも史子を一番気に入った、と言いたい気持ちを彼女は抑えた。何かというと日本人だけで集まりたがる習性から、史子は外れているように思われた。もっとも同じ民族同士集まりたがるのは、日本人だけともいえなかったが……。

その時から由樹の心は軽くなった。授業の悩みも少なくなっていたし、何よりも寮に帰って行く苦痛がもうすぐなくなることがうれしかった。

今度は誰と喧嘩をしたのか、脱いだ靴を壁に投げつけて頭の上から足先までジャランジャランと飾り立てて、黙って出て行ったジャニュアリーも無視することができた。こちら側からは目の動きが分からない虹色に光るサングラスの顔を由樹の方に振り向けた時、彼女は軽蔑していたルームメイトの何らかの変化に初めて気がついたのかもしれなかった。『愛情の反対は、憎しみではなく無関心だ』と言った高校の時の教師の言葉は、今は自分の状況にすっかり当てはまった。

従来の交換留学生の使命ともされた、『良い成績を修める』では何か物足りなさを感じていた由樹は、やっと当初の目的に向かって歩き出せるような気がした。

彼女は早速その月末の卒業式の世話のヴォランティアに希望を出し、シルヴィアの従姉が先生として勤めている小学校を訪問することに同意した。

六月半ばの金曜日、由樹ともう一人招待されたフランス人の学生は、シルヴィアの従姉のジュディの車で彼女が務める小学校を訪れた。

明るい教室に十五人ほどの子供達が居た。コの字に並んだ机の四方から、キラキラした瞳が由樹に向けられたのに出くわして、さすがに胸がどきどきする。子供達の後ろで足を組んで座っているジュディが、『好きなようにやれ』と言わんばかりにウィンクする。

由樹は呼吸を整えると、突然日本語で自己紹介を始めた。キョトンとしている子供達にそれを英語で言い直す。英語になった途端、子供達の表情が生き生きと反応する。

「あらぁっ」

頓狂な由樹の声に子供達が笑い崩れた。窓から入ってきた一羽の鳥が、悠々と子供達の頭上を飛んでいる。

「鳥だよ」

赤い巻き毛の男の子が平気な顔で言う。灰色の鳥はまるで、ここも自分のエリアだと言わんばかりに、空いた机に止まり、また舞い上がった。子供達の誰も大した注意を払わない。子供達の笑い声で、由樹の緊張が一度に解けた。

「初めてで今日は何も準備がないから、みんなから質問してもらおうかしら？」

全員の手が挙がった。

「日本人はみんな空手を習うの？」「Hi! Mom. って日本語でどういうの？」「日本の家はどんなふうに造られているの？」「日本では何を食べていたの？」あどけない質問が続く。一度質問が済んでも次の質問のために手を挙げるから、全員がいつも手を挙げている。アピールするために声を大きくしたり、手を振り回したり、蜂の巣をつついたような感じである。

右コーナーの席の、太ったおとなしそうな男の子が立ち上がった。

「日本の Emperor について教えて」

「日本の天皇の何を知りたいの？」

内心由樹はギョッとする。中にはこんなインテリジェンスのある子も居るんだ、と身構えた。

「僕この前、《Last Emperor》という映画を見たんだ。戦争で日本の天皇は居なくなったんでしょ?」

満州事変で日本が作り上げて敗戦で消滅した、偽満州国の溥儀皇帝と日本の昭和天皇を同人物と思っているようであった。それとも単に自分が見た映画のことを自慢したかったのかもしれない。しかし、その子の質問が由樹をどぎまぎさせたのは事実であった。戦前の神性天皇と人間宣言した昭和天皇の話を僅かにしたものの、由樹は、自分も日本の天皇について何を知っているのだろうかと考えさせられた。自分の国のことを何も分かっていない、またいつものコンプレックスが頭をもたげる。

授業終了の合図が鳴ると同時に、子供達が由樹を囲んだ。

「この小学校に来たこと、忘れないでね」

栗色の豊かな髪をピンクのリボンで結わえた女の子が、シンプソンズの漫画入りの鉛筆をそっと差し出した。

それまで一番活発に声を上げていた男の子が、自分のノートとペンを持ってきた。

「ねぇ、あなたの名前、日本語で書いてくれない?」

「宮・園・由・樹、これ、私の名前、漢字よ。あなたの名前は?」

「僕、Arthur Jenkinson」

「アーサー・ジェ・ン・キ・ン・ソ・ン、ね。これがあなたの名前、これは片仮名っていうの」

僕も、私も、紙切れを持った手が入り乱れて、再びつついた蜂の巣になった。

「さあ、今日はそれまで」それまで後ろでにこにこと笑っていたジュディが子供達を制した。

「今度来る時に、みんなのネーム・カードを作ってくることにするわ」

由樹は、寮から運んだ僅かな荷物が壁際に少しあるだけの、相変わらずガランとした部屋を見回した。身体中の血が一気に騒ぎだす気分である。ラジカセのスウィッチを入れる。ラップミュージックのリズムに乗って、ＭＣハマーの喋り言葉のような歌が流れ出した。音楽に乗って自然に身体が動きだし、彼女は肩を揺すり、ステップを踏み始める。『自分の部屋！　独りをエンジョイできる部屋！』久しぶりで味わう自由の気分であった。

由樹の隣の部屋はジョージ、表の階段から上がってくると正面のドアが北向きのリーマンの部屋、ジェリルは台所から階段を上がる屋根裏部屋、史子の部屋は台所にドアが接している。

引っ越して二、三日間、由樹は史子の他のハウスメイトに会わなかった。夏休みで帰省中かと思ったが、その内に詳細が分かってきた。それぞれの生活パターンがまるっきり異なっている。もちろんお互いがお互いの生活に干渉することなど皆無だから、これは一つの台所、一つのバスしかない家をシェアするのには最適の暮らし方であることが分かってきた。

三日目の朝、由樹が部屋から出ていくと、朝日で明るい台所で青白い顔色の髭面の男がハムエッグを焼いていた。“Hallo, Yuki! I'm George Hoffman. Everything's going well?”

腰に巻いた白い布切れで拭いた手を差し出した。

「やっと会えたわ。宮園由樹です。おかげさまでとても快適。深夜の電話よろしくお願いしますね」

一台の電話は常時台所に置かれている。しかし、深夜誰も気付かない時のために、二台の子電話機がジョージと史子の部屋に置かれている。外国人が多いこの家では時を分かたず電話の呼び出しベルが鳴った。

台湾女性のリーマンにはその夜会った。経済学専攻の大学院二年生だと言った。黄色人種というより黒人に近いつややかな日焼けしたような顔色とよく太った体格は、エネルギーの塊かとも思われる。彼女は朝ゆっくりとシャワーを浴びると、決まって十一時に家を出た。大学の図書館にこもって勉強をするということだった。そして夜十一時きっかりに帰宅した。

居間から表の階段に抜ける由樹の部屋の前を歩くリーマンの足音は、十一時前後十分と狂いがないようだった。夜中にふと目を覚ますと、どこかで話し声がする。二つの壁を通ってくぐもった声が延々と続いた。時には笑い声が混じるその中国語は、まるで永遠に終ることがないかのように続くのであった。

初めて由樹が食品の買い出しに出かけた時だった。台所の出口でリーマンに出くわした。『牛乳を一カートン買ってきてくれない？』『ＯＫ』気軽に応じた由樹は、それがとてつもないサーヴィスだということを、その直後に思い知らされた。閑静な住宅街の緩やかな坂道を二十分ほど歩いて行くと、ハイウェイ沿いに大きなスーパーマーケットがあった。果物、野菜、肉、ジュース、自分の買物の上にリーマンの牛乳を入れたヴィニール袋を両手に提げて、坂道を上って帰るのはかなりの重労働だった。車がなければアメリカ生活はできない、聞いてはいたがそれまで衣食住付きの学内にいたせいで、実感するには至っていなかった。車でなくてもせめてショッピングカートでもなければ、由樹がアメリカ生活で初めて得た教訓であった。

史子は軽自動車を持っている。彼女は高校を卒業するとためらうことなくこの西ワシントン大学に入学するために渡米してきた。今二年生である。年齢は由樹の方が二歳上だが、留学生活は彼女の方が一年先輩であった。

買物ぐらいいつでも付き合う、史子はそう言ってくれるが、由樹はできるだけ他人を頼らないように務めた。

『自分のことは自分で』外国で生活するのに絶対忘れていけないのは、先ずこのことだと由樹は思っている。しかし、史子の存在は不思議な安らぎを彼女に与える。シルヴィアやヘザーやアティッサや佳織、みんなとても仲良しで気がおけない友達だが、史子はそれとは違う何か遠くに置き忘れてきたような懐かしさを持っている。

最初の買物の時、ヴィニール袋を足許に落として閉めたばかりの台所のドアに凭れた由樹を見て、自分の部屋から顔を出した史子が呆れたように言った。

「それ、マーケットから提げてきたとぉ?」

リーマンの牛乳を見て、彼女は言った。

「リーマン、悪気じゃなくてもついつい他人に気軽に用事を頼む癖があるから……。私も車を買った途端、“You can take me to downtown”っていわれて面食らったんよ」

「ノーって言うの、最初勇気がいるもんね」

「そう、そう、でもYOU CANなんて言われると、本当にびっくりする」

「行ってくれない？　ってくらいの軽い表現なんでしょうけど、日本人には半強制的にひびくのよねぇ」

「イエス、イエス言ってたら、自分の時間なくなるから嫌でもその内にあっさり『ノー』と言うようになる」

「そりゃ、当たり前のこと」

普段あまり日本人論など口にしない由樹が、いつの間にか史子とそんな話に夢中になっていた。

旅行にでも出掛けていたのか、ジェリルに会ったのは由樹がその家の住人になってから二週間も経ってからであった。彼も同じ大学の学生ではあったが、プライベートなことを話すことはなかった。全くのすれ違いなのだろう、めったに台所や居間で顔を合わす機会もなかったのである。

夏休みが始まった。三週間の夏期講座を受けるかたわら由樹は車の免許を取ることを思いついた。日本語を教えるという条件で、ヘザーが自分の車を提供してコーチ役まで努めてくれることになった。

二人の暇な時間が合うと大学の広い駐車場へ走った。日本では免許証を取ったばかりの未経験者である。その上に機械に弱いのが原因なのか、ヘザーが呆れるくらい由樹の反応はちぐはぐである。ノークラッチのままエンジンをふかして動かない車にキョトンとしている由樹を見て、ヘザーが笑い転げる。車がのろのろと前進し、すごい勢いでバックする。またヘザーが笑い転げる。

ペーパーテストはあっけないくらい簡単であった。ヘザーは自分のことのように喜んだ。しかし、実地試験は失敗してしまった。自分のコーチが悪かったと、人の良い彼女はしきりに慰めてくれるのであった。

「試験官、意地悪そうだった？」

「優しい人だったわ」

「じゃあ、どうして？」

「一度坂道でごろごろバックしちゃったし、左折してレフトレーンに突っ込んでしまうし、それにね、あれが決定的だったかもしれないなぁ。"Show me hands."って聞こえたもんだから、変だなって思ったんだけど、ハンドルから両手離して開いて見せたのよ」

「運転している最中に？」

「うん、後で考えたらあれどうも"Hands"じゃなくて"Hand sign"だったみたい」

ヘザーは普段でさえ大きめの眼をいっそう見開いた。ブルーの瞳が必死に笑いをこらえている。

「もうこっちのライセンス諦めようかなぁ」

「チャレンジャーのユーキにしては、珍しいセリフね。ネヴァ　ギヴ　アップ！」

体育館前の木陰のベンチで日本語の練習を始めた二人に一人の男子学生が近づいてきた。

「ちょっと邪魔して悪いけど、それってジャパニーズ？　今とても興味を持っているんだ、僕も教えてほしいんだけど、駄目かな？　僕、マイク・ジェラルディ。機械工学部の四年生」

緑の木の葉をバックにして、どことなくあどけなさの残る笑顔が二人を見下ろしていた。緑がかった瞳と真っ白い歯が印象的である。笑うと顎の形がはっきりする面長の顔でありながら、全体にベビー・フェイスの趣があった。

挨拶を交わしながら、由樹は思わず左の頬に手がいくのを意識した。彼女はストレートな黒い髪を、右側は耳の後ろでピンで留め、左側のみを肩まで垂らしている。左耳の頬近くに縦長に三センチほどの小豆色の痣があった。髪で隠してはいるが、アメリカに来て以来痣の存在を意識することなど全くないことであった。

日本語のレッスンはそれ以来三人でするようになった。ヘザーも由樹もよく笑ったが、マイクも二人に負けないくらい明るい性格だった。日本語に対する執着はマイクの方が一段と大きかった。近い将来日本へ行って、英語教師として働きながら日本語を正式に勉強したいという夢を持っていた。父親がシンガポールに滞在中で、その父親を訪ねる度に日本へワン・ストップするということであった。

由樹がたじたじとなるほど、彼はレッスンに熱中した。覚えるとすかさずその言葉を使って話しかけてくる。ある時由樹が歌を口ずさんでいると、突然マイクが『よい！』と叫ぶなり拍手をした。一瞬意味が分からず怪訝な表情を見せた由樹は、それが〝good weather〟を『よい天気』と教えたせいであることを理解した。〝good〟一語に『上手』『美味しい』『気分がいい』と沢山の例を挙げなければならないことを思い知らされた。一語の単語を日本語にして教えると、おかしな日本語になることも分かってきた。由樹は日本語の難しさに初めて気がついた。慌てて日本から日本語のテキストを送ってもらうと、由樹自身が敬語の羅列に悲鳴を上げなければならなかった。

三週間の夏期講座が終わり、翌日ヘザーは故郷のノース・キャロライナへ帰り、マイクはアルバイト先のアラスカのユーコン河へ去るという日、三人は近くのパブでしばしのお別れ会をすることにした。

マイクと由樹が先に着いて待っていた店へ、ヘザーから突然電話が入った。急用で行けなくなった、ということであった。それまで堅固な三角形であったものが、その一角が崩れて思いがけなくバランスの不安定さをさらすことになった。ヘザーの不在は、由樹にマイクに当初会った時の感覚を呼び起こした。左の頬に何回となく手がいくのを止められなかった。マイクには何も変化はないようであった。いつものように陽気に冗談を飛ばし、旨そうにビールを飲むのだった。

「ユーキ、君、夏休みはどうするの？」

「一週間は休憩がてら、夏期講座のノートを整理するでしょ。それからやっとバケーション。父の友達が住んでいるシンシナティの牧場で十日間を過ごし、その後アトランタのシルヴィアとノース・キャロライナのヘザーの家を回ることになってるの」

「シンシナティに行くの？　僕のママと妹がいる所だ」

「あれっ？　家族、シンガポールって言わなかった？」

「中学生の時、父と母は離婚したんだ。父は三年前に再婚して、母と違う女性と暮らしている」

いつも陽気なマイクの横顔に、一抹の陰が走るのを由樹は見逃さなかった。聞いてはならないことを聞いてしまったような戸惑いを感じる。

「ダッドの奥さん、とても好い人だよ。もうすぐ新しい弟か妹が生まれるんだ」

さりげなくマイクは続ける。離婚している両親を持つ友達はかなりいた。誰もそれについて特別話すこともなかったし、両親の問題を自分のことと切り放して考えているもの、と由樹は独り合点していた。親の離婚が子供の心に傷をつけないはずはない、個人主義がいくら発達しているからといって人間の感情がそれほど違うものではないようだ、その時、由樹はそう感じた。

「こんなこと聞いていいかしら？　あなた自身でお父さんを選んだの？」

「僕自身ともいえるし、みんなが決めた、ともいえる。誰でも生きて行く上で、"Role Model"が必要なんだ。男である僕の身近なモデルはやはり父親だし、妹は同じ理由で母親を選ぶことになったんだ」

そう言うと、マイクは財布から取り出した二枚の写真を彼女に見せた。一枚は父親とその妻となった女性だろう、笑顔の上半身の写真である。もう一枚には、母親と思える女性とすらりと背が高い美しい女の子の全身像があった。

「美しい人ね。これがお母さん、これ妹さん？」

そうだろう、と言わんばかりに彼の笑顔が崩れ、得意げな表情を隠しきれないでいる。

「今、妹、大学へ行きながらファッションモデルをやっているんだって」

「お母さん、あなたに会いたがるでしょうね。しょっちゅう会いに行くの？」

「半年に一度くらいはね。マムにもボーイフレンドがいるから近いうちに結婚すると思うよ」

父親と母親が別々の家庭をつくる、形の上では理解できても、由樹には子供としての感情が理解不可能である。自分の両親もそれほど仲が良いとはいえないが、二つの家庭を築くことなど想像をしたこともなかった。生まれた時の家庭は永遠に存在し続けるもの、と勝手に思い込んでいた彼女は、父にも母にもそれぞれに自分の人生がある、という当然のことに初めて思い至ったのである。

「ユーキはいいね。それってとても幸せなことなんだ」

一瞬の沈黙の後、マイクはぽつりと言った。それからいつもの陽気さを取り戻した彼は、翌日出かけるアラスカのことに話題を変えた。

彼は大学二年生の夏休みから毎シーズン、カナダのドーソンからアラスカのイーグルの間の、ユーコン河を上下する観光船《ユーコン・クィーン》上でアルバイトをすることにしていた。食事のサーヴィスからこまごました雑用までこなした。中でもプロ並みなのが観光案内だということだった。

“Ladies & Gentlemen, this guide to the Yukon River should help you more effectively organize your visit……”

ビールの小瓶を逆さにマイク代わりに持つと、彼は突然流暢に喋り始める。パブの猥雑さが消えた。ゆったりした大河の淵に緑の林が続き、その林から大きなムースが現れる。岸辺で働く漁師が引き上げる網の中では鮭が踊っている。カヌー下りを楽しむ人達が、水しぶきを浴びながら手を振って流れに乗って行く。

ぽつりぽつりと現れる住民の小屋では、太古から変わらぬワイルドライフが続けられているという。

「林の中にダイナマイトで穴を掘って、板を渡しただけのトイレを見たら、ユーキ、卒倒するだろうね。それにちょっと経験させてみたいパーティーがあるよ」

「どうせ、おっかないことでしょ？」

「"Sour-toe Cocktail"っていうの」

「酸っぱい親指のカクテル？」

「アルコールの中に、死人か事故に遭った人の千切れた親指が浮かんでいてね。それを飲むんだ。最後にその指にキスできた人には、『勇気がある』というんで表彰状が出るんだよ」

「飲んだ？」

「もちろん」右手でガッツポーズをつくりながら、得意そうに言うマイクの顔はまるで幼児である。

「バイトで稼いだお金で、今度はキャンプ用のテントを買うんだ」

「キャンプに私も誘ってよ」

勇気を出して由樹は言ってみる。

日本人は控え目だ、という一般論を信じていたのか、マイクは一瞬戸惑ったように彼女を見た。それから慌てて言った。

「ＯＫ」

マイクの話は底抜けに明るい。外向的な性格だといわれながらも、由樹は幼い頃から野外活動にはあまり縁がなかった。それに東京の街の外へはめったに出たことがない。マイクの言葉は、彼女を広大な平原へ、森林へ、ゆったりとした大河へと誘うのであった。

家庭崩壊を経験した彼は、人間界より自然界へと目を向けたのかと、由樹は一瞬そう思った。しかし、すぐその思いを打ち消した。山や河や平原を語る彼の眼の輝きは、そんな短期間で育んだようには見えなかった。生まれながらの自然愛好家の眼であった。

二人は予定した時間をはるかに超えて、深夜まで語り合った。部屋に戻ってからも当分の間、由樹は高揚した気分を鎮めることができなかった。史子のドアをノックして胸の内を話さずにはいられない自分を、必死で抑えなければならなかった。由樹自身ですら意識しなかったマイクへの想いを、もしかするとヘザーは察知していたのかもしれない。故意に店に現れなかったのではないか、ベッドに入る時になって初めて、彼女の中にそんなヘザーの優しさが感じられたのであった。

次の日、マイクはアラスカへ去った。ヘザーも故郷へ帰って行った。家の中は相変わらず静かである。窓際に座っている由樹の眼は、ともするとノートを離れペリンガム湾の光る水面にさまようのであった。マイクの話が幾度も思い出され、彼の居ないこの町がとてつもなく空虚に感じられるのであった。

夕方になり、由樹は久しぶりで何か作って食べようかと台所に立った。流しの隅に汚れたままの皿とフォークが置かれている。五人共用である台所は、次の人の迷惑にならないように片付けておくのが、ここでは不文律である。時間に遅れそうになった時など、時としてそのままにしておくことがある。そんな時でも他の人が手を出すことはなかった。たとえ好意だとしても、それを洗ったり片付けたりすることは、無断で他人の領域に踏み込むことになるのである。多分忙しいリーマンの食事の後なのであろう。

　食料保存の袋の中と冷蔵庫を調べて、由樹はカレーしか作れないことが分かった。仕方がない、沢山作って冷凍しておくか、彼女は汚れた皿を邪魔にならない場所へ退けて、じゃがいもの皮をむき始めた。

「ただいまぁ〜」

　予期せぬ史子の声である。大きな紙袋を提げて、史子が裏口から入ってきた。どこか長閑なその声には《家》の温もりがある。家庭の安らぎにつながるものがある、由樹はいつもそう思う。中に居るのが日本人の由樹でなくても、彼女は家の出入りに必ずそう言う。『行ってきまぁ〜す』『ただいまぁ〜』と、ジョージもリーマンも日本語で言うようになっている。

「フミちゃん、久しぶりに一緒にご飯食べない？」

「外で食べないでよかったぁ。ユーさん、何つくる？」

「カレーの材料しかないわよ」

「じゃぁ、私がサラダつくる」

　二人は喋りながら食事の支度をする。それぞれが自分の部屋へ運んで食事をするために日常は無用の長物になっているテーブルを、久しぶりで台所の真ん中に引っ張りだした。外はまだ十分に明るい。台所での食事はいつもと同じ家とは思えない家庭の味がした。

「フミちゃん、日本に帰るの、もうすぐね。毎年帰っているの？」

「とーんでもない、初めて。二年ぶり。お金ないもん」

「家の人が待っててんじゃゃない？」

「帰れ、帰れってうるさいくせに、お金送ってというと途端にだんまり。家中の反対を押し切って来たけん、仕方ないけど……。ユーさんは良かねぇ、大学の交換生で来れたとだもん」

「あれえっ、フミちゃんの故郷はどこ？」

「ばれたかぁ。突然日本語を喋ると、元の熊本弁しか出て来んと。家は熊本の菊池ってとこ」

「山鹿って知ってる？　母の実家だけど」

「ひやぁ、ほんと？　山鹿は隣の町、菊池も山鹿も同じ温泉町。それでユーさん、山鹿に行ったことあると？」

「最後に行ったの、中学生の頃かなぁ。おじいちゃんもおばあちゃんも亡くなってから、母も行かなくなったし……どうりで……やっと分かった」

「なにが？」

「最初フミちゃんに会った時、とても懐かしい気がしたのよ。なにかとても不思議な感じだった。そういえば、母の喋り方と似ている」

　史子と由樹は九州の町でこうして会うこともあり得たのかもしれない。それが今、外国の田舎町の同じ家の中で暮らしている。人間の出会いとは不思議なものだ。それ以上に由樹は、自分の中に潜んでいる今まで意識しなかったものの存在に驚いた。九州に行った記憶は二度か三度のことなのに、史子に会った瞬間、自分の血の中にあるのと同種のものを見出した。ひどく懐かしかった。

由樹は自分のことを天の邪鬼だと思っている。型や枠にはめられそうになると、それがいわゆる良い意味での団結であっても、そこから逃れたくなる。自分独りでやりたいと思う。だから中学時代も、高校時代も校則に縛られたくはないし、かといって、その枠をあえて飛び超えられもせず非常に苦しい時代を過ごした。彼女の中には、みんなが同じことをやる村意識は、自分を苦しめるだけだと思い込むものがあった。自然、由樹の眼は、外部に開かれたものや個人主義の明確な人物に向かっていく。

由樹と史子は、帰巣本能に従う時は同じ場所へ帰る安らぎと、外部へ飛び出そうとする同じ気質で気が合ったのかもしれなかった。

由樹は話さずにはおれなくて、前の晩のマイクとのお別れ会のことを伝える。史子は、大きな眼鏡の中の小さな瞳を真っ直ぐに由樹に向けて、熱心に聞き入っている。なんとかマイクの明るい伸びやかさを、間違いのないように伝えようと、由樹は言葉を選び何度も言い換える。顔を紅潮させて喋る由樹を見つめる史子の方が、ずいぶん大人びて見えるのだった。

「ユーさん、マイクが戻ってきたら一度つれておいでよ」

「うん、会ってみて」

「ユーさんのボーイフレンドに合格かどうか、見たげる」

「ナーマイキ」

そんなふうにその時の気分を率直に伝えることができるのは、史子以外にはないことを由樹は知っている。悩みや助けを要する時は誰もが手を貸してくれるが、幸せな気分まで分かちあえる人は少なかった。苦しい時は他人を頼るより自力で立ち上がりたい由樹は、楽しい気分の時話を聞いてくれる友達の存在はうれしかった。

「そうだ、フミちゃんに訊くことがあった。今朝この家のオーナーがやって来たのよ。七月分のガス、電気代未払いなんだって。月初めにジョージに預ける五十ドルはそのためじゃなかった？」

「そのはずだけど、変ねぇ。ジョージ、最近お金が足りないってこぼしているけど、まさかみんなのお金を使い込んだりはしないよ、ね」

「一体なぜ彼に預けることにしたの？」

「なぜってこともないなぁ。ジョージの前に居たボブがそうしていたから、彼も『自分が引き継ぐ』って言ってやっているだけ……」

「他人を疑うの、嫌だから今度直接訊いてみようよ」

「ユーさん、訊いてくれる？」

「いいわよ」

気の弱そうなジョージにどんな事情があるのか分からないが、由樹は金銭的に困っている人にお金を任せるのは彼自身にとっても不幸なことだと思う。

週末である。日曜日は朝寝をする癖がある由樹は、まだ熟睡のさ中であるはずの時間、この家に不釣り合いな奇妙な泣き声で目を覚ました。猫かな？　猫のようでもあるが窓の外ではなく、居間か台所の方から聞こえてくる。由樹はすっかり目を覚まして、その不思議な声に耳をそばだてた。その声に応じる低い男の声が入った。ジョージの声だ。彼女は飛び起きると、急いで身支度をして部屋を出た。

明るい台所にジョージが居た。彼女を驚かしたのは、その腕に留まっているように抱かれた、一歳くらいの幼女であった。愚図ついていたらしい赤ん坊は、涙をいっぱい溜めたつぶらな灰色の瞳を見知らぬ日本の女に向けて、泣き止んだ。小さな顔の上にくるくると巻いた金色の髪が、まるで由樹が幼い頃持っていた人形そっくりである。

「やぁ、起こしちゃったかい」

「まあ、かわいいわね。一体どこから連れてきたの？」

「僕の娘だよ」

「あーら、あら、冗談言わないでよ」

真っ白なワンピースから伸びた細い腕が、ジョージの上腕をしっかり掴んでいる。由樹があやすためにおずおずと出した手を嫌うように、赤ん坊がまたむずかり出した。ジョージは手慣れた様子であやしながら、自分の部屋へ去って行った。

早起きの史子がお茶を沸かすために、台所へ出てきた。勢い込んで話し始める由樹に、史子はあっさりと言った。

「本当にジョージの子供よ」

「子供って？」

「以前付き合っていたガールフレンドとの間に生まれた子供。そのガールフレンドはカソリック信者で、妊娠中絶を拒否したんよ」

「結婚しなかったの？」

「結婚する前に別れたんだって」

　日頃母親がヒステリックに言うように、性道徳の乱れなどと言うつもりはないが、由樹はなにか自分にはついていけないものがあると感じる。あの子はどんなふうに育っていくのであろう。涙を溜めたままじっと由樹を見つめた瞳が、なにか将来の不安を訴えてでもいたかのように錯覚されるのだった。母親がいつか結婚をするとして、成長するまでその男を父親として、なんのトラブルもなく過ごしていけるのだろうか。由樹が想像する幼女の行方はあまりにも混沌として、皆目見当がつかない。生まれながらにして複雑さを背負ったあどけない顔が、無性に哀れに思われるのであった。

「子供はガールフレンドが育てているんだけど、月に二回、日曜日に会うことにしてるんよ。ジョージも大変よ、なにしろ養育費を送らなくっちゃならんから……」

「学生の身で……養育費……。いくら？」

「月五十ドル、学生だからそれ以上は払えないというんで格安なんだって」

「あの子が大人になるまで続くわけね……。結婚もしないで子供の養育費を払うことになるなんて……なんか考えられないなぁ。でも認知しただけでも、ジョージの誠実さを良しとしなければならないのかしら」

若さの中で何事も前向きに考えてきた由樹は、何か自分の知らない世界が、自分のごく近辺で起こっていることを感じる。十八歳を過ぎれば大人として扱われるアメリカ、プライベートの世界には一切口を出さない、ある意味では他人の目を一切気にしないでいい男女交際、自由を楽しむそのすぐ裏にある厳しさを目の前に突きつけられたような感じである。

妊娠、宗教の足枷、出産、結婚以前にジョージは諸々の問題で悩んだというのだろうか。彼が、お金が足りないと言ったという史子の言葉を思い出して、さらに由樹は憂鬱になった。

その日の夜、外出から帰ってきたジョージに、由樹は思い切ってオーナーが訪ねてきた事実を伝えた。

「そうだ、忘れてた。すぐに払い込んでおくよ」

男らしく見せるために生やしたという頬髭のために、かえってひ弱く見えるジョージは、由樹の視線を避けるように顔をそむけて言った。

「頼むわね」

あの幼児の顔を見た後でなければ、事実の詳細を確実に聞き質したであろう。しかし、その時由樹はそうすることができなかった。深夜の電話を知らせるために、みんなの迷惑にならないように、そっとドアを叩いてくれるジョージの優しさが、その時意識されたのだった。

史子も日本に帰り、由樹もシンシナティに出掛け、それぞれの夏が過ぎていった。九月の初め由樹はベリンガムに戻ってきた。引っ越して二ヵ月しか経っていないのに、その家はひどく懐かしい感じがするのだった。

台所の連絡ボードの下にある箱の中に、それぞれの宛名の郵便物が束にして分けられていた。東京の母からの封書、帰省中の故郷から出したらしい東京の大学の友達からの手紙が二通、大学からの連絡通信が一通、それらに挟まれて二枚の絵葉書があった。遠景の雪の山、ゆったりした河、河岸に咲き乱れる可憐な花々、もう一枚は雪原をバックに橇を引く八匹の犬達。思いがけないマイクからの便りであった。

ドーソンからイーグルまで三日間をかけてカヌーで下ったことが、簡単に述べられている。何気なく書かれた二枚の葉書は、彼がいかに多くの友達に囲まれているのかを十分に知らせていた。川下りで泊まった所は漁師キャンプの友達であり、二人で魚網を揚げに行ったと書いてある。次に泊まったのも独り暮らしを楽しむ友人の所で、橇を引く犬二十五匹と暮らしている、とある。あたかも彼の行く先々に彼の友人が待ち受けているかのようであった。彼の明るい性格、人懐っこさ、様々な環境への順応性、素直さなどを考えると、他人が進んで受け入れることは容易に想像できることである。

その絵葉書によって、由樹は秋期のスタートをますます心待ちにするようになった。

十日過ぎると、由樹は大学の図書館に通い始めた。夏期セミナーも済んだキャンパスはガランとしているが、それでも研究熱心な学生は、すでに秋期に向けて勉強を始めていた。インターナショナル・コミュニケーションの成績は当初のBマイナスからAプラスに上がっていたが、苦手な国際法はBプラスにやっと手が届いただけである。その学期には外国語教授法と東洋の宗教も取ることになっているので、由樹は気が抜けなかった。

授業の他にも活動することがあった。彼女は『ピア・メンター・プログラム』という、留学生援護団体で働くことを決めていた。大学内外でいろいろな問題を持つ留学生を助けるという機関である。事務局長のキンメル女史は専門のアドヴァイザーで、その他にメンバーが十人居た。交換留学生がこの仕事をするというのは初めてということであった。様々な文化のはざまに起こる問題を知るという点で、授業以上の良い勉強になるだろうと、キンメル女史は由樹の好奇心を歓迎してくれた。

秋期が始まると同時に、ピア・メンターのオリエンテーションも始まった。彼女には十八人の東洋系の留学生が割り当てられた。かなり責任の重い仕事である。その代り時給四ドル九十五セントの給料がもらえ、一週最低十時間、事務局に勤めることになっていた。キャンパス内の仕事としては、決して悪くないとメンバーの一人が言った。

マイクから『日本語のレッスンを再開しよう』という電話が入ったのは、秋期が始まって三日目のことであった。待ちくたびれた電話であったはずなのに、受話器を取った時湧き上がったのは不安な感情であった。

翌日、約束の午後一時が迫っていた。由樹はすでに二十分間、洗面所の鏡をにらんでいる。何度かためらった後にやっと心を決めた。左の頰にかかった髪をまとめてポニーテールにする。髪の束を茶色のリボンで結わえた。気のせいか、小豆色の痣は以前より色を濃くしたように思われた。

体育館前の、いつもの木陰のベンチにすでに座っているマイクが見える。うつむいて本を読んでいる。助走前の三段跳びの選手のように深呼吸をすると、彼女は駆けて行った。

「オハヨウゴザイマス、元気だった？」

すっかり陽焼けした顔があった。笑って細くなった眼と口許がやはり童顔である。どことなく一回り逞しくなったような気がするのは、陽焼けのせいだろうか。

「オハヨウではなく、コンニチワよ」

「ハイ、コンニチワ、これユーキにプレゼント」

差し出された小さな紙包みを開くと、アザラシの毛皮で作った掌に納まるくらいのエスキモーシューズが現れた。『日本語の先生にお礼だ』とマイクはおどけて言った。マイクが真っ直ぐに由樹を見つめている。彼女は胸の動悸が外へ聞こえるのではないかと思った。

「ヘアスタイル、変わったね」

息を詰めて、由樹は次に出てくる言葉を待った。

「日本人の黒いストレートの髪はきれいだ。ユーキもそのまま長くすると似合うと思うよ」

マイクの言葉はなにもこだわりのないものだった。以前から気がついていたのかもしれない。肉体的な欠陥を口にするのを遠慮しているふうでもない。小学生の頃から左の頬に垂らした髪は一体何だったのか、由樹が自分に尋ねなければならないことかもしれなかった。

「ヘザー、ユーキの黒い髪、素敵だよね」近づいたヘザーに向かってマイクはごく自然に話をつないだ。三人は夏休みの経験を交換するのに夢中で、その日の日本語のレッスンは結局忘れられたのだった。

三人の話はごく身近に迫った仕事に移った。由樹は卒業論文を東京の大学で書くために、あと一年日本での学生生活が残っているが、マイクとヘザーは翌年六月には卒業することになっている。

「私は中国史をもっと研究するために、大学院へ行くことになるわ」

メジャーが東洋史、マイナーが中国語を勉強中のヘザーはすでに決心しているようであった。

「僕は卒業と同時に日本に行くよ。JETプログラムに応募するためにエッセイを書かなくちゃならない。今、テーマを考えているところだ」

「JETプログラム?」

「へーイ、ユーキ、君日本人だろ。知らないの?」

マイクが愉快そうにからかう。またやられた、と由樹は自国のことに無知な自分を思い知らされる。

「Japan Exchange Teaching Program 日本の政府がスポンサーだよ。英語を母国語とする青年が対象で、中学や高校で英語を教えるんだよ。二、三年それに参加している内にできたら日本語をマスターしてしまいたい。それから日米合弁会社に入って、そこで好きな機械の仕事ができると思うんだ」

明確に自分の進路を決めているマイクに、由樹は圧倒される。突然、由樹に質問が飛んできた。

「ユーキは何をやるの?」

「ちょっと待って、まだはっきりしないわ。その前に卒論のテーマを決めなくっちゃぁ」

　虚を衝かれてうろたえる。シンシナティでも同じ質問を受けた。まだ考えていない、という彼女の答を聞いて質問した人が怪訝な顔をしていたのを思い出す。アメリカにはマイクほどではないにしても、自分の将来像をはっきりと伝える若者が多い。将来を決めかねている自分はよほどおかしいのだろうか。再びその疑問が頭をもたげた。好奇心が旺盛な分、由樹はやりたいことが次々と変わった。それに外へ向かう好奇心が、留学したことで一段落したような感じでもあった。自分の進路を流れに任せている訳では決してないのだが、その時やるべきことをやっていれば自ずと進路は見えてくるものという気もしていた。しかし、周りの者が明快に自分の将来を語る時にはいつも、一番肝心な己の人生に対して曖昧な答しか出せない自分が不安を覚えるのも事実だった。

　数日後史子も帰ってきた。台所へ開いたままのドアから座り机に向かっている史子の姿がよく見える。少し涼しくなると、彼女は母親が作って持たせたという、半纏を羽織るようになった。綿を入れた半纏をリーマンが珍しがって、着てみたがっている。

　春学期に四単位を落としてしまった史子は、秋学期にそれを取り戻さないと、冬学期の就学申請が取り消されるということで必死であった。取った単位は在籍中の大学へ持って帰ることができる上に、戻っていく大学があるということだけでも、史子と由樹はかなり異なる立場にあった。高校卒業と同時に、英語力の不足をカバーしながら困難な授業に飛び込んできた史子には、当初から背水の陣さながらの気迫があった。一見のんびりと見える史子に、鋼のような強さを由樹は時折感じるのだった。

授業は順調に始まった。由樹はマルティカルチュラル・センターの中のピア・メンターへ頻繁に顔を出した。アパートの斡旋、医療や買物の相談、電話できびきびと応対するメンバーの働きぶりが実に爽やかである。キプロス島から来たイアニス、香港のスン・イー、黒人のナムラ・ロン、皆でそこで働くことに誇りを持っている。由樹は音楽好きという趣味が合うのか、中でもリンゼイ・マクダーネルと気が合った。彼女は地球環境学を学ぶ四年生、年齢は三十を過ぎていて子供が二人いるという。人を助けることが好きで、問題を解決して喜ばれる時が快感だ、という。単に好奇心だけで入ってきた由樹には、いささか耳が痛い話であった。

事務的に処理できることは簡単である。しかし、精神的な悩みは由樹では力が及ばないことも多い。九月に入ってきた日本人学生の中には、語学力不足でノイローゼ気味になりかけている人がいる。単に『慣れ』の問題だから大丈夫といくら言っても、経験不足の由樹の言葉では安心できないようである。心理的にフォローしなければならない人はキンメル女史が引き受けてくれた。

少し気が弱いのか、友達ができない、ルームメイトとうまくやっていけない、などの相談が多かった、一言いえばよいところを遠慮している場合もある。自分には簡単に思えることでも、口に出せない性格があることが次第に分かってきた。ジャニュアリーとの確執を経験していたから、十分理解できることもあった。解決できなくても話を聞くだけで満足する学生も多いのだった。

十月に入ると、カナダ国境に近いその辺りにはすでに晩秋の気配が漂い始める。キャンパス内の学生は皆、肩をすくめて急ぎ足である。それでなくても学生は誰もが忙しかった。教授の講義を一方的に聴くという日本の大学の受動的な授業に比べて、ディベートを初め質疑応答が繰り返される活動的な授業が多い。かなりの予習を必要とする。それに何冊かの本を読んで、書かねばならないレポートも多かった。小テストも繰り返される。

そんな中で誰もが運動や、楽しみやヴォランティア、そしてアルバイトと時間を割くのである。由樹がペア・メンターで働いたり小学校を訪問したりするように、マイクは授業後から夜にかけて、近くのパブのウェイターの仕事をしていた。車の維持費や自分の楽しみのための金銭は自分の腕で稼ぐ、というのが信念のようである。

マイクと二人で会うことにわだかまりがなくなると、由樹は彼の誘いで自然の中へ出掛けるようになった。自転車に乗るだけでも久し振りだというのに、ある日、マウンテンバイクを借りてベリンガム湾の先の半島巡りをすることになった。すっかり秋色に変わった木々の中を六時間も走った快感は、後に残った太腿や腰の痛さを割り引いても大きいものだった。それ以来、由樹も自然の魅力の虜になっていった。

木や草花、動物、魚、天気、地理、マイクの自然に関する知識の宝庫は底知れないものがある。通りにくい危険な道、車や自転車の故障など、事故の処理の見事さに由樹は度々舌を巻くのだった。由樹が返礼としてできることは、日本語を教えることと好きな音楽、ダンスや映画の話をすることぐらいであった。ヘザーや彼女のボーイフレンドのケン、マイクのルームメイトのティム、それにシルヴィア、アティッサ、史子、他の大勢の仲間と山奥の湖へ出掛けることもあった。物理的な活動範囲が広がるだけ、交友の輪も広がっていくようだった。

十月半ばのある夜のことである。由樹は翌週初めに提出するレポートの下書きに忙しかった。清書する前にもう一度手直しすればなんとか間に合いそうである。すでに深夜一時を過ぎている。その日は不思議なことにリーマンの電話の声も聞こえてこない。彼女は周りに広げた数冊の本を片付けると、シャワーを浴びるために台所へ出て行った。幸いバスルームは空いていた。まだ勉強しているのか、史子は起きている気配がした。

ベッドに入ってどれくらい経ったのだろうか。先程のレポートの内容がまだ頭の片隅をぼんやり過っているようでもあった。ドアを激しく叩く音がする。誰も応答する者がないためか、一旦静かになった。再び、今度は幾分抑えた音が聞こえてきた。表のドアではなく台所のドアのようである。この家の住人であれば、皆鍵を持っているはずである。今夜この家には一体誰と誰が居るのだろう、由樹は少し不安になった。怖くもあった。

音は続いている。台所に一番近い史子が出て行った気配がする。由樹もベッドから起き上がった。史子の声に応じる男性らしい声が低く伝わってきた。史子が由樹の部屋へ駆けてくる。彼女がノックする前に由樹の方からドアを開けた。

「アティッサの友達という男が来てるの」

パジャマの上に半纏を羽織った史子の全身を、不安が覆っている。二人は裏のドアへ急いだ。

「こんな時間に何の用事ですか？」

「申し訳ない。アティッサに至急会わなければならないんだ。彼女を呼んでください」

「アティッサは七月に引っ越したわ、今ここには居ないんです」

彼女の引越すら知らないという男の言葉に、二人は顔を見合わせた。

「困ったなぁ。彼女、今何処に住んでいるんですか？」

「失礼だけど、あなた、本当に彼女のお友達？　彼女が家を移ったことも知らないの？」

「ちょっと難しい問題があって、友達同士でもあまり手紙のやり取りができないんです」

しばらくの間男は黙った。本当に困り切っているようでもある。ジェリルは多分留守だろう、由樹はジョージのドアをノックしてみた。全く何の物音もしていなかったのにジョージは部屋に居た。

「イェース」いつもの静かな声が返ってきた時、由樹も史子も一気に勇気づけられる思いであった。日頃頼りなく思うその声を、その時はとても力強く感じて安堵したのだった。

ジョージは落ち着いて応対している。しばらく会話が行き来した後、彼はドアのチェーンを外して鍵を開けた。背の高い男が入ってきた。陽焼けした顔、濃い眉毛、大きな瞳と長い睫毛、一見してアラブ系の顔であることが識別できる。

「ワヒド・ワッハーブといいます。こんな時間に訪ねて、本当に申し訳ないです」

ドアの外にいた時の切羽詰まった声とは異なり、大きな身体を縮めるようにしてぼそぼそっと呟いた。ジョージは彼を居間のソファに座らせて、アティッサに電話をする。彼女はバンクーバーへ出掛けて留守だという答がルームメイトから返ってきた。

すでに午前二時半である。三人は恐縮するワヒドをそのソファで泊めてやることに決めた。由樹は紅茶を沸かして彼に勧めた。史子が自分の部屋からクッキーの缶を持ってくる。ジョージが自分の毛布を二枚持ってきた。

「実は、僕……」紅茶の湯気から顔を上げて、ワヒドがゆっくりと話し始めた。

「君のプライベートなことを、僕たちは別に聞く必要はないと思うよ」深夜に訪れたことを説明しなければならないという感じの彼の言葉に、ジョージは静かに言った。

「よかったら聞いてください」

ワヒドは紅茶をすすり、クッキーを一枚食べると切り出した。

「僕はシアトルに住んでいます。今夜警察がやって来て、不法滞在で逮捕されそうになったのです。アパートの裏口からやっと逃げてきました」

「arrest?」

由樹と史子が同時にその言葉を反復する。日本で平穏な生活をしてきた二人には、『逮捕』という言葉は決して良い響きではない。彼女達にとっては反社会的な犯罪の世界の話である。

「今、僕は逮捕される訳にはいかないのです。アティッサはよく事情を知っていますが、今、強制送還されるとイランで投獄されてしまうのです」

ジョージは部屋へ戻っていった。すっかり眠気を奪われた二人は、やはり興奮気味のワヒドの話に吸い込まれていった。

ワヒドは表立ってはいないが、イラン国内で現体制に反対するゲリラ勢力の一派である人民特攻隊にくみしていたという。アティッサもそのシンパであるという。それに、二人はイランではごく少数派のバハーイ教を信じていて、国教であるイスラム教に改宗するよう説得されていたということである。ワヒドは数年前出国する直前、バハーイ教の広報紙を大学内で発行した。そのことで逮捕される寸前であったということだった。

アティッサが由樹に国のことを詳しく話したことはなかった。由樹が渡米する直前湾岸戦争が起こり、そして終結した。数年前にイランと闘ったばかりの隣国イラクの問題であった。アティッサの長い睫毛と焦げ茶色の瞳に、ロマンティックな国を想像するほどではないにしても、ワヒドが語るほどに厳しい国を考えてはいなかった。

近代化を『西洋の猿真似』と否定するイスラム原理主義を掲げて、現実の社会制度全てをイスラム教の教義で行うという説明自体が、由樹には何か理解し難いものである。校則などのほんの僅かな枠でさえ逃れたいと思う自分が、それほどの大きな厳しい枠に縛られた時でも抵抗できるだろうか。どんな形で抵抗するだろうか。果たしてアティッサやワヒドのように勇敢な行動が取れるだろうか、自信がなかった。

宗教の力がそれほどに大きくなり得るものなのか、それだけでも由樹には信じ難いものであった。

「バハーイ教って、どんな宗教？」

「うーん、一口でいうのは難しいけど、宇宙にある全てのものが神であり、神と世界は同一のもの、という考えが根本にある。男女両性の平等も大きい点だと思う」

自分はもちろん周りにも宗教的なものを一切持たない由樹は、自分には何も言う資格がないのを感じる。知らない世界に近づいた時いつも動き出す好奇心が、あまりにも無知であることの自覚と、知らない世界の止めどない広がりに虚しささえ覚えるのだった。由樹を取り巻く世界は平和であり過ぎるのかもしれない。同じ音楽に興じ、同じ本に感動し週末には郊外にドライヴを楽しむ仲間達が、それぞれの背中に様々な境遇を背負っているという当然のことが改めて強く意識されるのだった。

翌日の朝、ワヒドはジョージに連れられてアティッサのアパートを訊ねるために出て行った。

「この前はワヒドに親切にしてくれてありがとう。何もかもうまくいったわ」数日後会ったアティッサはそう言っただけであった。由樹もそれ以上の説明を求めなかった。

十月が終わりに近づいた。キャンパス内の木々も葉を落とし始め、陰鬱な雲が低くたれ込めることが多くなった。冬が急ぎ足でやって来そうである。秋期の中間にあたり学生達はテストやレポート提出が重なって忙しかった。それが済むと一週間ほどの休暇がやってくる。

一学期に少なくとも一回は大パーティーをやるヘザーが、ハロウィーンパーティーの準備を開始する。学内に張り出す宣伝紙を由樹も一緒に作った。その年は十月三十一日が木曜日に当たり、一日遅れてパーティーを十一月一日の金曜日にすることにした。手書きのポスターが大食堂に、体育館に、図書館にと、キャンパスの至る所に張られた。

噂には聞いていたが、三十一日のハロウィーン当日は町を挙げての祭であった。町を走るバスの運転手が全員仮装している。ピエロあり、ミッキーマウスあり、ＥＴありで大人も子供もこぞって祭を盛り上げる。いつも静かな街路のあちこちで、仮装した人達の賑やかなパレードが行き交い、町中が華やいだ。

　各家の玄関やポーチに、ジャカランタンと呼ばれる人顔にくり貫いて作られたかぼちゃが数個並べられ、中にはローソクが揺らめいている。それらは魔除けといわれ、数日前から家族揃っていかに個性的な顔を作り上げるかを競って楽しむという。辺りの地味な景色に、かぼちゃの橙色が一際鮮やかな彩りを添えていた。

　由樹と史子とリーマンは夕方回ってくる子供達のためにチョコレートとキャンディ数種類を玄関の箱に準備して待った。すっかり夜の闇が迫っても、その家には子供達は訪れなかった。耳を澄ませても『キャンディおくれ』の賑やかな声は聞こえない。「この辺りは学生街だから、子供達は住んでいないのね」リーマンががっかりしたように呟いた。

　窓の外を暗闇が包んだ頃、やっとチャイムが鳴った。史子が玄関に飛び出す気配がした。

「ギャッ」

　史子の異様な声に、由樹とリーマンが玄関に走った。

「まど、そ、そ、その窓に変な顔が……」

　史子の顔は青ざめている。

「このガラス窓？　何もないわよ」

窓に顔を擦りつけるように、由樹は外に広がる闇を透かし見る。下から何かがすっと上がってきた。

「キャーッ」由樹がのけ反った。自分と同じ位置に、緑とも茶色ともいえない異様な顔があった。

「何？　なんなの？」

「お化け、お化け、変な顔……」

窓には闇が広がっているのみである。

今度はリーマンが外を透かし見る。

「何かいるのよ」「そうよ、絶対いる、いる」「誰かの悪戯かな」由樹と史子は窓から離れた位置で、屁っ放り腰のまま恐る恐るリーマンの後ろに立った。

「居たっ」

今度は三人が同時に叫んだ。茶色と緑色のぶよぶよの顔に黄色のざんばら髪。

ドアが外から開けられた。僅かな隙間からその異様な顔がヌーッと差し込まれる。由樹と史子は居間まですっとんで逃げている。身体が現れる、だぼだぼの赤いブラウスにあちこちが破れた長いスカートが玄関に入って来た。リーマンが気丈に訊ねる。

「だれ？　だれなの、いったい」

「……」

「分かったジョージ……でしょ？　脛毛が見えてますよ」

「なぁーんだ。ジョージなの。びっくりした……」

奥から由樹と史子が口々に言いながら出てくる。ゴムで作った頭をすぽりと脱ぐと、いつもの気弱そうに笑っているジョージの髭面が出てきた。

翌日はヘザーのパーティーの日であった。由樹はダウンタウンに仮装用の鬘を買いに行った。アルバイトで忙しいマイクに頼まれた髪染めのスプレーも忘れずに買った。祭が終わった町では、それらの用品はすでにセールが始まっていてとても得した気分になった。

夜八時になると、ヘザーの家に近い由樹達の家に仮装準備をする仲間達が集まった。

ティムはインディ・ジョーンズで、すっかり決め込んでいる。史子は前の年に使ったという、赤頭巾を被ったおばあさんのゴムのマスクを付けた。それにいつもの半纏とパンツルックで、日本の昔話に出てくる温かいおばあさんができ上がった。マスクと半纏の意外な効果に、史子はご機嫌である。

由樹は洗面所の鏡に向かっている。クリーム状の白粉を手に取って額、頬、鼻の頭に置く。左頬の黒ずんだ痣の上に荒っぽくそれを伸ばした。人前に出る度に、それをひどく気にしたのが昔のことのようである。歌舞伎役者のようなのっぺりした白塗りの顔が現れる。眼の上に青いアイシャドウをべっとりと塗った。実際の口より横へ長く真っ赤に口紅を引いた。そして、昼間バーゲンで買った真っ黒でストレートな長い髪の鬘を付けた。頭部はそれででき上がった。部屋へ戻って、夏に母親が送ってよこした青色の木の葉模様の浴衣を着て、赤い帯を締めた。

由樹の次に鏡の前に座ったマイクは、先ず金髪にスプレーを吹き付ける。彼の頭部は見る見る内に黒髪に変わっていく。それから長い時間をかけて自分で作ったという、ゴム紐付きの真っ白な仮面を被って顔の半分を覆った。襟の高いシャツに黒いフロックコートを羽織ると見事な『オペラ座の怪人』ができ上がった。九月、由樹に誘われてバンクーバーで初めて観たミュージカルに、マイクはとても感動していた。彼はその年の仮装はこれだ、とその時決めたのだと言った。いろいろな材料で何回も試して作ったという、仮面の出来映えを自慢気に披露している。

四人はお互いの扮装に歓声を上げた。髪の乱れを直したり、化粧を伸ばしてやったりしながら、相手を褒めたりけなしたりしてははしゃいでいる。

すでに九時を過ぎている。四人はその扮装で外の闇へ出て行った。夜気が冷たい。浴衣だけの由樹は冷気に一瞬肩をすくめたが、祭特有の昂りがすぐにそれを取り去った。

一ブロック行くと、角の家がヘザー達の住まいである。通りからでも、家の中のさんざめきが手に取るようである。全部の部屋の窓に明かりが点り、客達は庭まで溢れている。四人の部屋全部が会場として開放されていた。ドアを開けるとたちまち人が溢れんばかりの盛況である。

笑いとお喋りが一つの音響となって渦巻いている。漫画の主人公、ディズニーのキャラクター、インディアン、パジャマ姿そのままのような人、思いつく限りの姿や形があるようだった。由樹は、満員電車さながらの人々をかき分けてヘザーを探した。真っ白な顔に尖った鼻を付け、両頰に真っ赤な丸を描いた顔を、部屋の隅にやっと探し当てた。長い帽子と毛糸のケープを肩から垂らした姿は、どうやら魔女のようである。

「ヘザー、大盛会ね。おめでとう。何人くらい集まる？」

「ユーキ、本当にユーキなの？　うまく変身したじゃない、全く分からなかった。宣伝うまくいったみたい。前回二百人くらい集まったけど、今度も同じくらいかしら？　Anyway we did it!」

「良かったわねぇ。それにしても誰が誰だか分かりゃしない……」

　辺りの声にかき消されないように、二人は大きな声を張り上げる。

「ユーキ、あなたのそれ、日本のお化け？」

「雪女、Japanese Snow Fairy」

「ユーキのユーキオンナ」

　奇妙なイントネーションを付けてそう言うと、ヘザーは自分の日本語に笑い出した。それから咄嗟に口をついたその冗談が気に入ったらしく、周りの人にひとしきり説明している。

　後ろから誰かが肩を叩く。振り返ると、光る真紅の中国服の女性が立っている。頭上にはいかにも手作りという髪飾りがのっている。まるで京劇の舞台から下りたばかりというういで立ちである。これも真っ白に塗った顔、赤い頬紅、きつくつり上げて描いたアイライン、ふっくらとした頬が緩み、鮮やかに描いた口紅が開いて真っ白な美しい歯並びが現れた。

「あなた、フォン・チュー？　そうでしょ？　来たのね、よかったわぁ……」

　ピア・メンターで由樹が担当している、中国から来た一年生であった。おとなしい性格で友達ができないことを悩んでいた。パーティーなどへ出れば自然に友達ができると、その会へ誘ったのである。他にも四人来ているということだった。

時間が経つにつれて、仮面や化粧の下からそれぞれの人物が少しずつ素顔を現した。佳織がいた。他の日本人留学生もいる。シルヴィアもアティッサもいる。授業でノートを貸したり借りたりする仲間もいた。ピア・メンターのメンバーも何人か来ている。工夫を凝らした仮装の下は、その仮装よりずっと個性的な人間であることを面白いと思う。強い個性を出すために外側を飾り立てたことで、かえって無個性になってしまった人達の聚合であるように思われるのだった。

相手の仮装の話から始まり、話題は四方八方に飛んでいく。一つのグループで終ったばかりのテストの話や教授の噂が飛び交い、次のところで映画や音楽が語られ、それからまた別のグループへと移動していく。あちこちで笑い声が弾け、突如歌声が流れ始める。それぞれが持って来た飲み物や食べ物が壁際のテーブルに並べられている。テーブルの近くの人が取り上げたスナックやキャンディが、手から手へと部屋の隅にいる人に送られる。

喋り疲れて由樹は、壁に沿って並んでいる僅かな椅子の一つに腰掛けた。立錐の余地がない、という表現がまさにぴったりの人の渦を見上げながら、由樹は『ヘザーはよくやるなぁ』と改めて感心するのだった。なぜ、と訊くと、彼女はその質問の意味が理解できないというふうに、いつも『パーティーは大好きなのよ』と言うだけである。

「ユーさん、ここに居たの。すごい人ねぇ」史子が人垣を分けてやって来た。

「前の時もそうだったけど、今回も二百人くらいになるんだってよ。よくやるなぁ、って今考えてたとこ……」

「日本の大学でもこんなパーティー、やる？」

「コンパだ、パーティーだって時にはやるけど、楽しむのにこれだけのエネルギーは使わないわねぇ。こちらでは勉強も遊びも徹底的って感じね」

「なんでだろうね」

「なんでだろ？　日本人って、遊ぶことに後ろめたさを感じるんじゃない。遊ぶのは子供の時だけ、みたいなのがあるんじゃないかなぁ」

「遊び下手っていう感じ……」

「これもまた、文化の違いっていわれてしまいそう」

すでに午前零時を過ぎた。帰る人もいるが、こんな時刻にやって来る若者もいる。学業に一段落がついた開放感も手伝って、夜更けのパーティーはいつ果てるともなく続くのであった。

別の部屋に行っていたのか、顔の半分を覆った白い仮面がドアの近くに現れた。窓際の由樹を見つけると、マイクは人々をかき分けながら、彼女の方へ近づいて来た。

荼毘

八重瀬けい

煙突から噴き上げる煙が、風に乗り樹々の間に流れていく。

犬を焼いているのだ。

そう、焼いているのだ。火葬ではなくただ焼く。飼い主の泣き声を聞きながら、俺はいつもそう思う。ペットは家族というが、俺の目にはただの動物にしか見えない。死んだら庭とかその辺の空き地に埋めて、はいおしまい、それでいいじゃないか。火葬というのは人間だけのものだ。などと心の中で悪態をつきながら、俺は仕事をこなしていく。

『ペット霊園ヘブン』は俺の職場だ。勤め始めて二年になり、仕事はペットの葬儀・火葬と、施設内の管理。二〇〇坪の敷地には、ペットの火葬施設と納骨堂があり、建物の外に合同慰霊碑がアジサイとツツジに囲まれている。開園二十年になる古い施設だ。

場所は福岡市に隣接した山の中腹にある。人通りはほとんどなく、車で五分程上に行くと、ショートコースのゴルフ場と、隣接するゴルフの打ちっぱなしの練習場がある。そこに行く車が、スピードを出して通り過ぎるくらいだ。

　またこことは別に二十四時間の電話受付や、彼岸の際の供養会などを企画したりする事務所が、市内の中央区にある。親会社は大きな葬祭場、もちろん人間のだ。

　中心となる山の火葬場での仕事は、俺と上司の榎本課長が担当。だが、俺が仕事に慣れたからという理由で、榎本課長は週に一回ここに来るくらいで、事務所勤務がほとんどだ。おまけに、ここに出勤してきた日の榎本課長の休憩時間は、ゆうに二時間はかかる。

「いい職場だ。運動もできるしさ、お前もやってみろ、楽しいぞゴルフ。平日は打ちっぱなしも安いし」

「いや、いいです」

「まったく、暗い奴だな、人生楽しんでいるか？」

　榎本課長が、仕事をサボる前のいつもの会話。毎回同じ。でも、いい職場というのには俺も同感している。まあ理由は違うが、転職を繰り返した俺にとって、今までで一番居心地のいい職場であるのは確かだ。

　なにしろ一通りの仕事が終われば、終業まで横の小さな事務室でゆっくりと本を読んだり、テレビを観たりで、人と接する時間が少なくて済むからだ。

　一人がいいのだ。一人ほど気楽な人生はない。友人も恋人も、家族もいらない。だから裏切られることも、期待することもなにもない。

ピンク色のツツジの花が満開の頃、午後に犬の火葬の予約が入っていた。

その客から電話があったのは、午後一時過ぎでここの場所を聞いてきた。バスを降りてからの道順だ。バスで来る客などほとんどいないのだが、ふもとのバス停からは一本道なので、俺はその旨伝えた。

「どれくらいかかりますか？」

淡々とした声で女性が尋ねる。

「そうですね、四十分から五十分くらいですかね」

一時間後、入り口の開く音で俺が事務室から出て行くと、大きなバッグを肩にかけた若い女性が立っていた。茶髪のショートカットで、切りそろえられた前髪にグリーンのメッシュが入っていた。

俺は広間の隅にある、小さな応接セットを示した。女性は椅子に座ると、肩のバッグをそっと膝の上に乗せ、よろしくお願いしますと頭を下げた。女性の名前は中山鈴子さん、事務所からのＦＡＸ、本日の火葬申し込み者にそう書かれていた。

「あの、これ正式の申込書です。火葬は犬ですよね……で、いま何処に？」

俺は火葬申込書を差し出しながら聞いた。

「ここにいます。五歳のチワワです」

受け取った申込書に記入しながら、鈴子さんが答えた。そして、住所・氏名・電話番号・犬の名前を書き終わると、黙って俺に返し膝の上のバッグを見つめた。俺は素早く犬の名前を確認した。

「はい、どうぞこちらです」

俺は祭壇を示した。鈴子さんはバッグの中から、バスタオルに包まれた小さな犬の遺体を取り出した。

「犬はどこに置けばいいんですか？」

「はい、どうぞこちらです」

俺は祭壇を示した。鈴子さんはバッグの中から、バスタオルに包まれた小さな犬の遺体を取り出した。

「窮屈だったね、ごめんね」

鈴子さんはそう言うと祭壇の前へ、チワワを置いた。俺は手順どおり、カセットのスイッチを入れた。広間にお経の声と木魚の音が響き、鈴子さんはそれを黙って聞きながら俺の指示に従う。線香をあげ、持ってきた小さな花束を供える。

火葬台に犬を乗せた時もまだ無言であった。

俺は一礼して、火葬台を火葬炉の中に入れた。点火のスイッチは飼い主の鈴子さんが押した。ゴーという音が火葬室に響く。

すると突然鈴子さんが、唇を震わせて部屋を出た。飼い主がこの瞬間に耐えられず、部屋を飛び出すのは珍しくもない事なので、俺は火葬炉の小窓を覗き火力の確認をした。

広間に戻ると鈴子さんはぼんやり祭壇の前に立っており、小さな声で俺に聞いた。

「あの、暑がってないかしら」

「えっ？」

「アンナです」

「いえ死んでますから、それはありません」

「あの子、きのう仕事から帰ったら、玄関のあたしのスリッパの上で冷たくなって……きっと帰りを待っていたんです。あたし、これからどうすればいいかしら？」

どうすればと聞かれても、俺は答えられない。こんな時榎本課長なら、長年の経験で慰めの言葉をかけられるのだが、俺はまだ言葉を持たない。

「ごめんなさい。あたしの問題ですよね」

俺の顔をみて、鈴子さんが自分に言い聞かせるように言った。

「二十歳の誕生日に、あたし達出会ったんです」

通りかかったペットショップで、ガラス越しに目が合ったのがアンナだったと鈴子さんは話した。

困った！　昨日であったら榎本課長が、飼い主の思い出話に付き合ってくれたのに。俺はそうでしたかと、返答するだけで精一杯だった。

一番苦手なのはこうした若い女。犬や猫などを、擬似子育てをして亡くす。嘆き方は半端ではなく、答え方を間違えると死んでしまうのではないかと思ってしまう。

でもそんな場合には、恋人とか友人が同行して付きっ切りで慰めているので、俺は最低限の説明だけして、後は事務室から出ないようにしているのだ。

だが鈴子さんのようなケースに遭遇したのは初めてだった。大げさに泣く訳でなく、いかに自分にとって大事なペットだったか言い続けるわけでもなく、バリヤーの中にスッポリ入って人を寄せ付けない。

話も続くかと思われたが、出会いの話だけで途切れてしまった。俺はほっとして広間を出たのだ。そして、いつもどおり火葬炉のチェックをして、事務室で仕事を続けた。


一時間程して火葬炉から台車を出すと、チワワは小さな骨格で横たわっていた。骨はまだ熱い。先にお骨拾いをしますか？　俺が尋ねた。

「えっ、骨を拾うんですか？　すみません、よくわからなくて……」

「そうですよね。えーと、火葬が済んだお骨を骨壺に入れる収骨という儀式です。このお箸で足・身体・手・頭の骨を順序よく入れます。でも、骨を冷ましてからにしますか？」

「そうですか、儀式なんですね」

呟いたあと、鈴子さんはきっぱりと言った。

「わかりました。アンナは暑がりだったので、冷ましてからにします。そうしないと、いつまでも熱くて可愛そうですから」

最後のほうはほとんど呟きだった。

「そしたら、もうしばらくソファに腰掛けて、お待ち下さい」

鈴子さんは言われたとおり広間に戻り、椅子に座り目を瞑った。疲れた顔だった。

俺は火葬室の窓を開け、外の空気を室内に入れる。すると心地よい五月の風が、チワワの骨だけの体を通り抜けていく。

時計の針が四時を指す頃、鈴子さんは熱のとれたチワワの骨を、小さな声で歌いながら一つ一つゆっくり骨壷に入れ始めた。

「ねんねんころりよ　おころりよ　アンナはよいこだ　ねんねしな」

それは心の奥に真直ぐに飛び込んできた。

どこかで聞いた事のあるリズム。いつだろう……思い出そうと目を瞑った。

「さあアンナ帰ろうね」

鈴子さんの声に、俺は目を開け慌てて誰か迎えが来るのか聞いた。

即座にいいえと返事があり、俺は送りましょうかという言葉が出そうになったが、その言葉を飲み込んだ。代わりに出たのが、お気をつけてだった。

鈴子さんはありがとうございますと、一礼して出て行った。今日の客はこれで終わり。

納骨棚の契約をしたわけでも、合同慰霊碑に納骨するわけでもなく、年二回行われる合同慰霊祭に参加の意志もなかった。もう会う事もない。

俺は仕事にもどった。手早く火葬台の清掃と、明日の準備をして戸締りをする。

戸締りしながら頭の中で鈴子さんの歌声がリピートしてきた。だが頭をふってそのリズムを打ち消す。山の日暮れは早い。敷地の隅に駐車している軽自動車に乗り込む頃には、木々の間に闇が訪れていた。

犬の鳴き声を聞いたのは、車のエンジンをかけるちょっと前だった。キューンキューンという声の方向を見ると、敷地の入り口に犬が三匹俺を見ていた。

ゴールデンレトリバーの成犬が一匹と、生まれて二ヶ月くらいの仔犬が二匹だった。成犬のほうはたぶん母親だろう。疲れた目で俺を見ている。

「あっちへ行け！　シッシッ」

手で追い払う動作をした。そして、車に乗り込み思いっきりエンジンを噴かした。それでも犬は動こうとしない。相手にはするまい。そう決めると俺はアクセルを踏みそのまま犬の存在を無視した。あの犬たちがどうなろうと関係ない。いつものようにラジオをつけ山道を下る。下った所のバス停に鈴子さんがいた。一度通り過ぎて俺はバックした。

「あの、送りましょう。どうぞ」

窓を開けて声をかけると、鈴子さんはほっとした顔で助手席に座った。

「降りてきたら、一時間に一本のバスが出た後で、ほんとに助かりました」

聞くと自宅は中央区の薬院と言う。俺の通勤コースの途中だった。それで俺たちの会話は終わり、ラジオの演歌だけが車内に流れていた。俺は思いがけず鈴子さんに会い、妙な気持ちを持て余していた。しばらくして、なぜか帰り際の犬達の話を鈴子さんにしていた。

「捨て犬かしら?」

鈴子さんが緊張した声で聞いた。

「そうだと思います。あの辺は時々捨て犬がいるから」

「それで、そのままに？」

「しょうがないですよ。野良になって生き抜かないと。それに、ぼくは飼えないし」

「なんでかな？　だって仔犬も一緒だったんでしょ。可哀想と思わなかったんですか」

「いいえ」

「冷たいんですね」

冷たい……か、俺は心の中で（そうだ）と頷いた。

「もし明日もその犬がいたら、餌あげて下さいね」

「できませんよ。居つくじゃないですか」

「死んでもいいんですか？」

「それが、運命だったんでしょう」

俺の返事を聞いたとたん鈴子さんが泣き出した。火葬の時も泣かなかったのに、俺は動揺した。

「運命ってなんですか！　変えられる運命なら、変えてあげればいいじゃないですか！」

強い口調で鈴子さんが言った。俺は返事が出来なかった。運命は運命だ、変えることなどできない。

しばらく鈴子さんの嗚咽が続き、それが治まった後、鈴子さんは少し落ち着いた声で言った。

「すみません。あたし、アンナを救えなかったので、その犬達は、アンナが助けてあげてと言っている気がして」

犬の話題は鈴子さんのその声で終わり、車は五階建てのワンルームマンションの前で止めた。降り際鈴子さんは、小さな声でありがとうと言った。

「中山さん、あまり気落ちしないで下さい」

それは自分でもビックリするくらい、素直な気持ちだった。鈴子さんは黙って頷いた。その目はあの母犬の、暗い疲れた眼と同じ。

大手門にあるアパートに戻ると夕食の準備をした。料理は小学校からしているので、全然苦にならないのだ。

二Kのこの部屋に住んで十年になる。古いアパートだが天神に近く勤め人が多い。ただ入れ替わりも多く、隣人と顔を合わすことも少ない。それは他所から来た人間にとっては、煩わしさがなく、住みやすい町という事だった。

俺はスパゲティミートソースを食べながら、ふっと、鈴子さんの目とあの犬の目を思い出した。こんな事はめったに無いことだった。だが、頭からその目を振り払った。もう既に過去の出来事なのだ。

俺はフォークを置くとテレビをつけた。

翌日の一番の仕事は猫の火葬。十時きっかりに、若い夫婦と幼い女の子と男の子二人が来た。父親の抱えたダンボールの中には、目を瞑っている子猫がいた。

「飼ってからまだ三ヶ月なんですよ」

俺の説明が終わると、若い母親が困った顔でつぶやいた。

「ミーちゃん死んじゃった」

女の子が、ダンボールを覗き込んで言った。

「そうね、ミーちゃんは天国に行ったのよ」

母親も一緒に覗きこんで答えた。

父親はペットの写真や造花で飾られた納骨棚を見て回り、男の子は楽しげに三十畳ほどの広間を走りまわっている。

「では、ここに安置して、お線香をあげてください」

俺は静かに告げた。葬儀の開始だ。

広間の正面に一・五メートルの仏像があり、その下の祭壇に、四十九日を待つ骨壷が十壷並んでいる。子猫の入ったダンボールはその手前に置かれ、大きなお香呂は、この家族の線香を待っている。

俺はラジカセをスタートさせる。いつもどおりお経と木魚の音が広間に流れる。蝋燭の火で線香に火をつけた父親が手を合わせた。子供達は、父親の真似をして手を合わせる。母親はちょっと手を合わせ、すぐに立ち上がった。

「さあ、帰りましょうか?」

「あっ……あの、ご遺体を火葬台にのせて、最後のお別れをしませんか?」

慌てて言うと、母親はとんでもないという顔で答えた。

「いやよ、ここまでだわ。ペットが死んで、火葬しましたって何だか体裁がいいし、あとはお願いします」

「娘がね、今度は子犬がいいって言うんで、今からペットショップに行くんですよ」

ニコニコした顔で父親が言った。子供達はその父親のシャツを引っ張って、早くとせかしながら出て行った。母親は火葬料と合同慰霊碑に納める費用を払うと、既に車に乗り込んでいる家族の元に急いだ。

誰も後ろを振り向かなかった。後にはポツンと、後を追えない子猫が残されている。俺は肩をすくめてすぐに仕事を進めた。

もはや子猫は物体なのだ。家族だと言っても簡単にするりと換えられる家族なのだ。

それは正に俺の姿だった。

その日の昼、事務所でコンビニ弁当を食べていると、外で犬の声がした。窓から見ると昨日の犬の親子だった。母犬が真直ぐ俺を見つめている。二匹の仔犬は、母犬の横でクンクンと細い声を上げている。弁当はまだ三分の一残っている。あげない！　呟いてみたが、昨夜の鈴子さんの目を思い出すとダメだった。俺は弁当を持つと外に出て、窓の下に弁当を置き犬を呼んだ。

「おい、今日だけだぞ」

何のためらいもなく母犬が近寄ってきた。仔犬達もついてくる。母犬はすぐに食べ始めた。仔犬たちは、母犬の動いている頭の隙間に首を突っ込み食べ始めた。

弁当はあっと言う間に空っぽになった。

もうないぞ、俺は軽くなった弁当を取り上げ母犬に言った。母犬は尻尾を二〜三回振り、敷地の隅にある金木犀の下に歩いて行った。そして、木陰に横たわると仔犬達に授乳した。俺が害を与えないと知ったのか、安心しきった動作であった。

「いいのか、そんなに信頼して」

思ったことが言葉になって口から飛び出た時、自分にビックリした。犬に話している！

昨日からと言うより、鈴子さんに会ってから妙に調子が狂い、いつもの自分ではない。ましてや、犬に話しかけるとは。

そのとき電話が鳴った。榎本課長からで今から客が来るという。俺はホッとした。仕事をしている間に、あの犬の親子がここから立ち去ってくれればいい。そう願いつつ、火葬の準備を始めた。四十分後に、小箱に寝かされた小鳥がきた。

「先ほど電話で問い合わせたら、低温でゆっくり焼くと伺いました。高温だとバラバラになるそうで……それで時間は？」

「それでも、収骨までやはり一時間はかかると思います。では、祭壇に安置して、最後のお線香をあげてください」

俺が言うと、母親が静かに返事した。

「クリスチャンなので、お線香ではなく娘と二人で祈りますね」

しばらくして、二人の賛美歌が室内に流れた。部屋の隅で聞いていた俺は、ふっと自分の親を思った。親が死んだ時に、この小さな小鳥の命を賛美歌で見送る程の愛情と悲しみを、自分は持てるだろうか？　自分が先に死んだら親はどうだろう？　一応泣くだろう。悲しむだろう。だがそれだけだ。たぶん、悲しんでいる自分達に酔って、それっきり。しかし、自分は泣かない！　悲しまない！　悲しいという感情は、遠い昔幼い頃に置いてきたのだから。

おわりました、いつのまに静かになった室内に、娘の声がした。俺は火葬室へ二人を案内した。ピコありがとね、ピコ大空を自由に飛べるね、二人は小鳥に話しかけた。

しばらくして小鳥は、一番小さな骨壷でも大きいくらい、ほんの少しの骨になり収められた。そして、ピコが賑やかな方が好きだからと、納骨棚を予約した。これから、自宅で四十九日置いて、ここの納骨棚に眠る事になったのだ。

火葬の後片付けをした後、俺は外に出た。金木犀の下には、あの親子犬がのんびりと寝そべっていた。俺は何故かほっとした。事務室にもどると鈴子さんから電話があった。

「あの、昨日はいろいろありがとうございました。あの、犬……どうしましたか」

「昨日の犬ならいますよ。弁当の残りをあげたら、その後木陰で寝そべってます」

「よかった。ありがとう、ってわたしが言うのもおかしいんですが」

「いえ。たまたま残っていたからで」

「あの、また電話でお聞きしていいですか」

「それはかまいませんが、犬がまだ居るかどうかは分かりませんよ」

「いいんです。でも、餌よろしく」

俺が答える間もなく電話は切れた。結局餌お願いしますか、ツーツーと言う受話器を俺は眺めた。

入り口の鍵をかけ外に出ると、母犬が尻尾を振って俺に近寄ってきた。後から二匹も来る。

「おい、餌はもう無し、どこかで生きろ」

俺は言い捨てると、車に乗りエンジンをかけた。そして、後も見ずに山を下った。


次の日、犬の親子はもういなかった。

「いえ、居ませんよ」

十時過ぎにかかってきた鈴子さんの電話に、俺は愛想なく言った。

「その辺にも居ないんですか？　探しましたか」

「いえ、今日はこれから一件お客が来るので、今準備で忙しいんです」

「あっ、すみません。失礼しました」

鈴子さんの落胆した声が、俺の耳元に残った。どうしていつまでもあの犬にこだわるのか、俺にはさっぱりわからない。だが……と俺は首を竦め、今朝コンビニで買った袋を見た。いつもより膨らんでいる。その中には、弁当とドッグフードが入っているのだ。

初めて動物のために餌を買った。いやまてよ、これは昨日鈴子さんに餌よろしくと頼まれたからだ。自分の意志ではない。俺は自問自答して無理やり納得した。

この日の客は大型犬。昨日病気で死んだと言う。予約の時間は十時三十分。時間より早く車が敷地に入ってきた。大きなダンボールの中で、カラフルなバスタオルで包まれているその犬の顔を見た時、俺はハッと息を飲み込んだ。ゴールデンレトリバーで名前はモナカ。あの親子犬と同じ犬種。とても優しげな顔で目を瞑っている。飼い主は中年の夫婦で妻は真っ赤な目をして、ずっとモナカを撫でている。

「この一ヶ月よく頑張ったねぇ。もう苦しまなくていいよね」

涙の止まらない妻の頭を夫が撫でている。それは、まるで、自分の両親を見ているようだった。

「わたし達には子供がいなくて、モナカが二人の宝でした」

横で見守っている俺に夫が言った。その後を、思い出すように妻が続ける。

「生まれて一ヶ月で家に来たんだわ。獣医さんに、まだ母犬の母乳が必要だから、すぐに返してきなさいって言われて」

「そうだったな。でも、その母犬の飼い主は、急ぎ赤ちゃん犬のもらい先を探していた」

俺は二人の会話を、どこで止めようかと思案したが、今中断させると、きっと妻の嘆きは相当だろうと、もう少し様子を見ることにした。

「ねっ覚えてる？　友達の紹介でそこに貰いに行った時、この子だけがわたし達に吼えたのよね。ワンワンって」

「それで同時に、この犬下さいって叫んだ」

俺はふっと、この夫婦はこうして犬の弔いをしているのだと気がついた。

そういえば、榎本課長がよく言っていた。(死を納得させる)(無理に火葬しない)たぶん今がそうだ。

「モナカが我が家にきて、三時間置きにミルク飲ませて、しばらくこの子のために、和室で一緒に寝たわね」

「しばらくじゃないだろ。それからずっとだ……さて、そろそろお願いしようか?」

夫が静かに聞き妻は黙って頷いた
火葬台に横たわる犬を見て、俺はあの犬の親子はどこに行ったのかと思った。

点火した後夫婦は煙の見える庭に出た。そしてしばらく空に登っていく煙を眺めた後二時間後にまた来ますと、疲労困憊した顔で帰って行った。

不安定な状況の妻を夫が労る。それは気を抜くと、一気に噴出しそうな嫌な記憶だ。俺は、深呼吸をして気持ちを入れ替える。

二時間たって戻ってきた夫婦は、少し落ち着いた顔で収骨にのぞんだ。

ゆっくり大事に大事に骨を拾う姿に、俺はこの夫婦と犬は、ほんとにいい時間を共有して生きてきたんだと思った。帰り際車の助手席から妻が尋ねた。

「あの犬の親子は、ここの犬ですか?」

俺は言われた視線の先を見ると、金木犀の下で母犬と二匹の仔犬が、こちらを見ていた。

「違います。野良犬です」

そう、小さな声でそういうと、妻は一礼して窓を閉めた。出て行く車を見送って、俺は中に入ろうとした。すると何かが足にぶつかってきた。

仔犬だ。俺の足にじゃれついてくる。母犬も尻尾を振って俺の横に来ていた。飯か？

飯という言葉に反応したのか、母犬はちぎれるほど尻尾を振る。俺は思わず笑みが出た。そしてじゃれつく仔犬を抱き上げた。

温かい！　生まれて初めて生きた動物を抱いたのだ。両親が動物嫌いだったので、実家で過ごした生活の中では、動物と触れ合う事はなかった。もちろん、興味も関心もないのが一番の理由だが。

「へー、ちゃんと心臓の音が聞こえる」

俺はもう一匹も抱き上げた。母犬は安心しているのか、俺が仔犬を抱いていても特に警戒はしない。一宿一飯の恩義か？　俺は母犬に聞いた。とたんに可笑しくなって声を出して笑った。

「ああ、犬と会話してるよ～」

仔犬をそっと下におろすと、俺は事務室からコンビニの袋を持ってきた。

そして金木犀の下で、袋の中からドッグフードと牛乳を出し皿に入れた。母犬は餌を準備している間、おとなしくお座りの形で待っている。仔犬たちは俺の手元に興味シンシンだった。

「お前はちゃんと躾けられてるんだな。ではどうぞ」

それを合図に母犬は餌に飛びついた。仔犬たちは牛乳をペチャペチャと飲んでいる。もう一度仔犬の頭を撫でて、俺は火葬台の掃除に向かった。

人間に愛され、ここで火葬された犬。人間に捨てられ、それでも必死に生きようとしている犬。俺は複雑な想いで灰を集めた。

そしてこの日から、犬の親子は昼間ふらっと金木犀の下に現れ、俺から餌と牛乳を貰い、金木犀の下でゆったりとくつろぎ、俺の車を見送る。夜はどこで寝ているのか、俺は知らない。

鈴子さんから二度目の電話があったのは、チワワの火葬から七日後の午後。

「あの、中山といいます。今日美容室の仕事が休みなので、そちらに伺ってもいいですか?」

時々慰霊碑にお参りに来る人もいるので、俺はいつでもどうぞと答えた。同時に鈴子さんの職業が、美容師だとわかりあの鮮やかな前髪に納得した。

電話を切った後、事務室の窓から外を見ると金木犀の下には、いつものように犬の親子がいた。鈴子さんがきっと喜ぶだろうと俺は思った。手作りのクッキーを土産に、鈴子さんが来たのは三時過ぎ。ちょうど明日の予約を、電話で受け付けていた時だった。

予約が完了して事務室から出ると、鈴子さんは祭壇に線香をあげていた。

鈴子さんの背中に挨拶すると振り向き、笑顔でこんにちはと言った。

「すみません。一人で部屋の中にいるのが、なんか辛くて」

「大丈夫、ここはお参りはいつでもどうぞですから。外、気がつきましたか？」

鈴子さんが首を振ったので俺は外に誘った。金木犀の下には犬の姿はなかった。

だが俺のおーいという声に、建物の裏から母犬が顔を出し、俺の姿を確認すると尻尾を振って出てきた。その周りを仔犬が飛び跳ねている。

かわいい！　鈴子さんが呟きすぐに犬達に両手を広げた。突進してきた仔犬を鈴子さんは一匹抱き上げると頬ずりした。もう一匹は俺が抱き上げた。

「二匹とも女の子ね。よかった、とても気になってました」

「こいつら、すっかり居ついてしまって」

「きっと山本さんを信頼したんだわ」

「いやいや、飯のせいですよ。ここに来たら何か食えるってね」

「そうだ、わたしクッキー焼いてきたんだ」

鈴子さんは仔犬を抱いたまま、取りに戻った。俺はその時、鈴子さんの涙を見た気がした。ペットロスという言葉があるらしい。ペットの死を乗り越えられない人の事だそうだ。仕事には行くものの、それは働かないと生きていけないから、最低限の理性が働いているだけだと、いつかテレビで観たのを、俺は思い出していた。でも、鈴子さんはまだほんの数日前だったから、悲しいのは当たり前だ。まだ癒えないのだ。

ラップに包んだクッキーを手にして、鈴子さんが戻って来た。片手で抱いた仔犬が、その包みに鼻を押し付ける。

「温かい……わたし、しばらくこの犬達と遊んでいいですか？」

「いいですよ。もう少しで帰れるから、送りましょう」

「バスで帰れるから、いいです」

「帰り道だって言ったでしょ」

「あの、ありがとう。あっ、これどうぞ」

鈴子さんの手からクッキーを受け取ると、俺は仕事にもどった。外の楽しげな声を聞きながら、初めて見た鈴子さんの笑顔を思った。素直で温かい笑顔だった。

バニラ味のクッキーは、サクサクとした食感で美味しかった。三個続けて食べ、残りは通勤バッグに入れた。帰り際、犬の親子は金木犀の下で車を見送っていた。なんだか切ないですね、その様子を見て鈴子さんが言った。

「逞しいですよ。こんな山の中で子育てして」

「あんなに人が好きなのに、信頼しているのに……」

「でも、客が来ている時はあまり出てきませんよ。ちゃんと警戒心もあるみたいだし」

「そうですか良かった。そういえば、話変わりますけど、名刺のお名前、幸治って良い名前ですね」

「いや普通ですよ。鈴子さんこそ響きが良いし」

「でも、古臭いでしょ。じいちゃんがつけたから」

「へー、おじいちゃんかいいなぁ。俺にはいないから、羨ましいですよ。それに、おじいちゃんが名前をつけましたって、かっこいいじゃないですか」

車はちょうど赤信号で停車したので、俺は横の鈴子さんを見た。

「かっこいいなんて、あたしは親がいないので、じじばば育ちですよ」

「でも愛されて育ったでしょ。どちらですか出身？」

「鹿児島です。じじばば二人とも元気です。山本さんは？」

「故郷はありません、って言うか思い出したくないんで」

「プライベートな事でしたね。なんだかアンナが死んで、ずっと鬱々としてたから、あの仔犬たちと過ごして、今少し気が緩みました。ごめんなさい」

「俺はペット霊園で働いてますけど、個人的にはよくわからない。なぜペットの死がそんなに悲しいのか。あっ、すみません」

「いいんですよ。あたしも分かりませんでした。アンナと暮すまでは」

「俺は一人っ子なんですが、親にとってはどうでもいい子でね。育児放棄ってやつですよ」

俺は話しながら、シマッタ！　と思ったが口は止まらない。誰にも話した事がないのだ。

「母親も父親もお互いが大好きで、父親が仕事休みの日は一日二人で過ごす。おまけに、母親は父親ベッタリで、いつも父親に触れていたい。俺が父親に近づくのも嫌がった」

「でも、平日はおかあさんと一緒でしょ」

「いやいや母親の口癖は、お前なんか産まなきゃよかった！　ですからね。それに、父親が仕事でいない時は、部屋に籠ってテレビを観ていました」

言いながら、俺は胸の中に押し込めていた母親の（お前なんか産まなければよかった！）と吐き捨てるように言った時の、冷たい顔を思い出していた。

「いくつだったんですか」

「初めて聞いたのは、四つか五つくらいかな」

「いやだ、最低。あっ、ごめんなさい」

俺は笑いながら、どうこの話を終了しようか言葉を探した。

「大丈夫、ほんとに最低な親ですから。でも父親は、まあ、子どもが死なないくらいの世話と飯の供給と、学校に通わすくらいの分別だけはあったかな。だけど、友達が家に遊びに来ることも、俺が遊びに行くこともバツでしたがね」

「そんな」

「そのうち、どんどん母親の父親への依存がエスカレートして、家の中でも俺の存在は無視。それで、小学校入学と同時に、父親に宣言されました」

「えっ、入学と同時に？」

「はい。自分のことは自分でするように！」

「あっ、それは家でも当たり前。二人とも高齢者なので、できる事は自分でって」

「確かに。でも、半端じゃなかった。父親からお金貰って買い物して、自分で調理して食べる。どんなものでもいいから必ず作れ、出来合いは許さん！　でも自分達は外食」

「そしたら、お料理はプロですね」

「ははは、言えてる」

俺は不思議な感触を感じた。鈴子さんに言われると、マイナスと思っていたことが、プラスに思える。会話が弾んでいる間に、車は薬院駅まで来た。仕事帰りの人の波を窓の外に見ながら、鈴子さんが俺に聞いた。

「あの、この後ご予定は？」

「そしたら、家に寄ってコーヒーなど」

「いえ、べつに」

「ありがとう。でも」

「あっ、そうですよね。気にしないで下さい」

鈴子さんが慌てて答えた時、車はマンションの前に止まった。鈴子さんは何度もありがとうを繰り返し、車のドアを閉めた。俺はドアの閉まる音を聞いた途端、窓を開けた。

「鈴子さん、何号室ですか？　車、パーキングに止めて来ます」

「はい。三階の三〇五です」

俺は近くにコインパーキングを見つけて駐車した。歩きながら、このごろ変だと考えた。そうだ鈴子さんの歌声を聞いたからだ。今まで、歌いながら骨を骨壷に入れる人は、一人もいなかった。だから気になるのだ。

　でもこれは一過性の事だ、今もただ暇だから寄るだけだ、いやいや仕事の延長だ。俺は立ち寄る理由をいろいろ考えていた。

　鈴子さんの部屋には、いたる所にアンナと暮らした跡があった。玩具・餌入れの皿・水入れ、かじられたテーブルの足・写真。コーヒーを入れていた鈴子さんに聞いた。

「あっそうだ、あの時鈴子さんが歌っていたのは、何と言う歌ですか…ほら、アンナの骨を骨壷に入れながら歌っていた」

「ああ、あれはただの子守唄です。変でしょう犬に子守唄なんて」

「いえ、いや珍しいかな。そうか子守唄か」

「ふふふ、仔犬の頃抱っこしながら、ああやって歌ってたのを思い出しちゃって」

　俺達は、それから他愛ない雑談に時間を忘れた。俺の歳三十一、鈴子さん二十五歳から始まる自己紹介。その中で鈴子さんはさらりと、父親が誰かわからない事、母親は自分を産んですぐ東京に出て行き、それっきり音信不通なことなどを話した。

「あたしの夢は、じじばばの近くで美容院を開くこと。ばあちゃんの髪をおしゃれに変身させること」

　明るい声で鈴子さんはそう語った。でも俺は、鈴子さんが時々アンナの写真を見て、小さなため息をついているのに気がついていた。

雨模様の天気が多くなった頃には、山の犬達に俺は便宜上名前をつけていた。母犬はイチ・仔犬の右足が白毛の方をニイ・両方共白いのをサンと呼んだ。

鈴子さんも美容室が休みの時は、バスでブラブラやってきて、犬達と遊び、俺と一緒に帰る。そういうことが、もう3回繰り返された頃、思いがけない客が職場に来た。弁護士だった。

「お父様が、肺癌で昨年の暮れに亡くなられました」

「死んだということですか」

俺は人事のように聞いた。

「ずいぶん探しましたよ。息子は高校の卒業式の日に、学校に行ったまま帰ってこなかったと、お父様がおっしゃっていました」

「へー、俺が帰ってこない事、わかっていたんですかね」

「心配していました」

「あの、用件は何でしょう」

親が死んでしまったと言うのに、悲しみより先に俺を襲った感情は苛立ちだった。あの下宿ような実家にも、父親にも母親にも二度と会いたくないのだ。ここで火葬される犬や猫のほうが、俺よりずっと愛情というものの意味を知っている。

「長崎のご実家の管理と、お母様の施設の経費など、わたしが現在一任されていますので、早めにわたしの事務所においで下さい。相続のこともお話したいので」

それでも俺は母親のことは尋ねなかった。どこのどんな施設か、状況はどうなのか。弁護士もそれ以上のことは何も言わずに、一枚の名刺を置いて帰って行った。

俺はそれを机の引き出しの中に投げ入れた。それから今までどおりに、頭の中から親のことをリセットした。

その日から三日後の朝だった。

朝出勤してきた時、敷地の入り口に近い道路の路肩に、母犬のイチがうずくまって、何かを舐めていた。その横でサンがクンクンと鳴いている。俺は車を止め窓を開け犬を呼んだ。イチー、サンー！　犬達は俺に気がつかず、そのままの体勢で動かない。俺は嫌な感じに襲われ、車から降りてイチの側に行った。そこには、ニイが口から血を流して横たわっていた。イチは、一心に我が子の体を舐めている。

心臓が早くなり、俺は大声でニイ！　と呼んだ。イチはそれでも舐め続ける。俺はニイを抱き上げようと、しゃがんでニイに触れた。するとイチが突然歯を剥いて、ウーと呻った。初めてのことだった。

「イチ、イチ。大丈夫だからイチ」

俺は呻っているイチに声をかけ続けた。その声で気がついたのか、イチは俺を見上げてクーンと鳴いた。

「イチ、ここは危ないから中に連れて行こうな。サンもおいで」

俺は車にはねられたニイを抱き上げて、建物の裏の軒先まで運んだ。

イチも、サンも、硬直の始まっているニイの側から離れず、鼻先でニイの体を（起きろ！）とつついている。俺は急いで事務室からタオルを取り、ニイの所へ戻った。そして冷たいタイルの上にタオルを引き、ニイを横たえた。

「どうしたんだニイ……」

何が起こっているのか頭の中ではわかっているのに、胸を締め付ける初めての感情に俺は戸惑っていた。

「イチ、きょうはこれからお客さんが来るから、ここから動くなよ。後でまた来るからな」

イチが俺を見た。それはあの初めて会った時の、暗い疲れた目だった。

俺は仕事を開始した。もうすぐ、客が猫を火葬しにやってくる。

その前に、俺は鈴子さんの携帯へ仔犬の事故死を伝えた。鈴子さんは絶句した後、わかりましたと答えた。

客は老夫婦で、十四歳の老猫が老衰で昨日亡くなったと言う。名前はウメ。

「おとうさん、楽しみができましたね。死んだらウメとあちらで会えるし」

バスタオルにくるまれた猫を抱いて、老婦人が傍らの夫に言った。

「われわれはマンション暮らしなもので、市に相談の電話したら犬猫の死体は一般廃棄物で一体千円。ゴミと同じ扱いだ。それじゃ可哀そうって、婆さんが泣くんで孫がインターネットで調べてくれて」

「こちらが一番近かったの。ほんとに良かった。ウメの骨が拾えます」

俺は今までさらりと聞き流していた客の話が、今日は胸を刺す。ニイがゴミとして扱われたらやはり嫌だと思った。

そうだニイを火葬してやろう、自分で金を出してこの次に。そう決めると、少し気持ちが楽になった。老夫婦は肩をおとしたまま、骨壷をしっかり抱いて帰って行った。二人を見送ったその足で、俺は裏に走った。

イチが、ピッタリとニイに寄り添っている。サンは、俺の姿を見ると駆け寄ってきた。

俺はサンを抱き上げると、ニイの所に行った。イチは、今日は尻尾を振らない。

「イチ、客が帰ったから、いつもの場所に移動して、そこで最後のお別れしような」

俺はサンを降ろし、タオルごとニイを抱き上げ、金木犀の下に運んだ。イチ、サンもついてくる。

この場所がニイには一番落ち着く場所のような気がしたのだ。

金木犀の下にニイを安置すると、香炉を運び線香を立てた。イチもサンもわかっているのか、お座りをしてじっとニイを見ている。

その時タクシーが入ってきた。そして鈴子さんを降ろすとすぐにエンジン音を響かせて走り去った。

静寂があたりに広がった。

鈴子さんは横たわるニイを見て、どうして！　と呟いた。

「この先にゴルフ場があってさ、そこに行く車がスピードを出して通るんだ」

ひどい！　鈴子さんは、ニイの体を撫でながら涙を流した。するとイチが鈴子さんに近づき、鈴子さんの顔をぺろぺろ舐めた。鈴子さんはイチを抱きしめ泣き続けた。

「ごめん、イチが一番悲しいのにね。わたしを慰めてくれるの？　ありがとイチ」

俺はたまらずその場を離れた。書類を作成し、火葬台をきれいにして、再び金木犀の所に行った。そして線香をたてニイのために祈る。イチは何かを察したのか、うろうろとニイの周りを歩く。火葬炉のある部屋は、裏口から直接入れる。俺は、イチとサンも一緒にニイを見送りたいと思った。

鈴子さんがサンを抱き、俺は火葬台のニイの最後の姿を、目に焼き付けた。そして点火。大きな音がニイとの別れを告げる。イチは蓋の閉まった火葬炉を見つめ、ワンワンとほえた。外に出ると煙が真っ直ぐ空に駆け上る。

「お釈迦様は荼毘にふされた」

唐突に鈴子さんが言った。

「アンナの時にね、心の中でずっとそう思っていたの。これは、ただ焼いて骨を残すんじゃない、魂を天に送る神聖なものだって」

火葬と荼毘、ちょっと前の俺にはどうでもいいことだった。横に立っている鈴子さん、イチ、ニイ、サンがいなかったら、きっと今でもそうだろう。

　鈴子さんが言葉を続けようとしたとき、車が入ってきた。すると、突然イチがその車に、激しくほえた。車を止め不愉快な顔で榎本課長が降りて来た。

「おい、この犬どうにかしろ」

　俺はイチの頭をポンポンたたいて、声をかけた。

「イチ、イチ大丈夫だから」

　イチは吠えるのをやめると、今度は車のタイヤをクンクン匂っている。

　鈴子さんがサンを抱いたまま、イチを金木犀の所に誘導してくれた。

「あの犬か、ここで飼っている野良犬」

「いいえ、飼っているわけではありません」

「じゃあ何だ」

「居ついているだけです」

「ばかやろう、同じなんだよ！　報告しろ！　報告。客からお宅の霊園にいる野良犬下さいって電話があったんだぞ。ここは、ペットを亡くした家族が集まる場所だぜ。野良犬がウロウロしてどうする」

「イチは、客がいるときには出てきません」

「ごちゃごちゃ言うな、あっ、来たぞ」

窓の外に車が入って来るのが見えた。モナカの飼い主だった。車から降りた妻は、鈴子さんの所にまっすぐ行き、鈴子さんの腕の中のサンを撫でている。榎本課長と俺は急いでそこに行った。イチは逃げずに、鈴子さんの横にいる。

「この犬の親子だわ。あら、仔犬は二匹だったような気がしたけど」

俺は煙を指差して、状況を説明した。

「そう、あの子も天国に行ったのね」

「よかったな、モナカに友達ができて」

頷く妻を見て、夫が言った。

「榎本さん、電話で話した件いいですか?」

「どうぞ、こいつらも幸せですよ」

俺は急いで鈴子さんに経過を話した。鈴子さんは一瞬哀しげな顔をしたがすぐにほっとした声でよかったと言った。そしてサンを妻に手渡し、イチの頭を撫でた。イチは、サンが見知らぬ人間の手に抱かれたのを見て、おろおろとした。

「イチ、大丈夫よ。サンと一緒だから」

鈴子さんがイチの耳元で囁いた。

「妻がどうしても、この犬たちはモナカの引き合わせだと、毎日気にしまして。でも、まだこちらにいてよかった」

夫はそういうと、イチに首輪をつけ車に乗せた。イチは抵抗もせず、尻尾を振って車に飛び乗った。慣れた仕草だった。きっと飼われていた時の記憶がちゃんと残っていたのだろう。その横にサンを抱いた妻が乗り込む。

「ほんとにありがとうございます。これで、妻も安定します」

夫がお辞儀をして顔を上げた時、俺は思い切って尋ねた。

「犬たちよろしくお願いします。でも、いつもご夫婦一緒ですよね」

「ええ、妻は僕がいないと、とても不安になるらしくて、だから自営業です。それに、妻が何をするか心配な面もあるし……ただ、モナカも妻にとっては心が許せる相手だったので、同じゴールデンがここにいたのは、ほんとにラッキーでした。精一杯可愛がります」

車の中でおやつをもらっている二匹は、車が動くとチラッと俺を見たが、あっと言う間に車と共に、視界から消えた。もう一日早かったらな、俺は煙を見上げて呟いた。

「で、誰が、野良さんの火葬料払うんだ?」

榎本課長が聞いた。

「ぼくが払います。申込書も出してますから」

「ほうそうかお客さんか。でもな、野良さんが轢かれたって、山の中に放り込めばいいんだよ。まあ、火葬代払うなら、どうでもいいけどな」

榎本課長はポンと俺の肩を叩いて車に向かった。俺ははっとした。ふいに課長の車に吠えるイチを思い出したのだ。

「榎本課長！」

俺は車に駆け寄り、運転席を覗き込んだ。

「課長、昨日も仕事帰りは、ゴルフ打ちっぱなしでしたか？」

「おう、行ったぞー、それがどうした」

「あれ課長じゃないですよね」

俺は空に立ち上る煙を指差した。それをちらっと見て榎本課長は憮然とした。

「だったらどうなんだ。ひき逃げか、死体遺棄か？」

「いや……あの」

「野良は野良なんだよ、誰も文句言わない、誰も悲しまない」

野良を連呼した後、窓ガラスが閉まり車は走り去った。

「どうしたんですか、思いつめた顔ですよ」

鈴子さんが言った。

「あいつがニイを轢いた」

とたんに鈴子さんが、車が去った方向に向かって叫んだ。バカバカー！　俺も力なく呟く。

「バカヤロウ」

榎本課長の言動は、ほんの少し前の俺の姿だ。そして、誰も悲しまないと言われたニイもまた、俺なのかもしれない……いや違う、少なくともニイには、イチやサンがいた。家族が側にいたのだ。俺はすぐに否定した。短かった命は、それでもせいいっぱいの愛の中にいたのだ。俺の大きなため息の後鈴子さんが言った。

「あのとりあえず仕事に戻ります。ニイのお骨、あたしが引き取りますね。仲間がきてアンナが喜ぶかも」

そう申し出た鈴子さんを、俺は下のバス停まで送って行った。

ニイの骨を骨壷に納める時、俺は涙が止まらなかった。誰もいなくなった静かな霊園に、アマガエルの鳴き声だけが聞こえている。それがいっそう俺の喪失感を誘う。そして、イチを思った。昨夜はニイの側で、ずっと声をかけていたのだろう。親としてどんな気持ちだったのだろ。

机の上にニイを置くと、俺は暮れゆく外をぼんやり眺めていた。愛するというのはこういう事なのか、たった数日の思い出しかない俺、だがここに来る人たちは長い時間の共有があった。俺はやっと、ペットと死に別れる、その時の嘆き悲しみがわかった。

ニイの骨壷に再び目を向けた時、ふっとあの弁護士を思い出した。

俺は思った。父親は最後に俺に何を伝えたかったのか、俺に対して、イチ程の愛情のひとかけらでもあったのか。母親はどうだ？　いやいや結局俺は逃げているだけではないのか。真正面から親の顔を見た事があったか？　否！

そうだ、俺の想いを伝えよう、あんたは最低の親だった……と。そしてスッパリと縁を切るのだ。

そう決心すると弁護士の名刺を取り出し、躊躇せずすぐに電話した。

休みがとれたのは、若葉が濃い緑葉にかわる頃だった。弁護士に聞いた母親の入所している施設は海辺にあり、そこで穏やかに暮らしているという。

ベテランらしいテキパキとした看護師に案内された所は、二重に施錠された広いサロンのような所で、入所者が思い思いにくつろいでいる。その中でソファに座っている老女が母親だという。ゆっくりソファに近寄った。

数時間後の夜、俺は鈴子さんと共に、脊振山にある南畑ダムの湖畔にいた。

「良い所ですね。月も星もダム湖も……福岡に出てきて初めて」

「すみません。何だか一人でアパートに戻る気がしなくて」

「でも、日帰りで良かったんですか？　せっかくの里帰りだったのに」

「いいんです。それより鈴子さん、あの子守唄歌って下さい」

湖畔を眺めながら鈴子さんに頼むと、すぐに歌声が湖面に流れ出た。

「ねんねんころーりーよ、おころーりーよ……」

目を瞑ると、昼間の母親の姿が蘇る。タオルケットに包まれた三十センチ程の人形を、しかりと抱いて歌っていた。優しい穏やかな目で。

「ねんねんころーりーよ、幸ちゃんは良い子だーねんねーしなー……」

側で看護師さんが俺の耳元で呟いた。

「お母様の幸せだった時の記憶なんでしょうね」

その瞬間いろいろな思いが駆け巡った。（お前なんか産まなければ良かった）一人ぼっちの毎日。一人ぼっちのご飯。一人ぼっちの運動会。一人ぼっち……。

看護師が茫然としている俺を面会室に案内した。看護師は備え付けのポットからお茶を注ぎ、俺の前に置いた。そして少しお話してもいいですか？　と言って話始めた。

「入所する時にお父様からいろいろお話を伺いました。あなたが産まれて嬉しかった事、心身共に弱かったお母様が、育児ノイローゼになって、息子を殺そうとした事、でもそれ以来あなたに触ると殺してしまうかもしれないと、育児放棄してしまった事、あなたがぐっすりと寝ている時だけ、夫に付き添ってもらって寝顔を見ながら子守唄を歌った事、高校の卒業式から帰ってこなかった事……」

「父も母も俺が、いえ僕が帰ってこなくても、たぶん心配もしなかった。せいせいしたんでしょう。きっと」

「お父様に捜索願いは出したんですか？　と尋ねました」

「そうですか……で、何と？」

看護師はほっと息を吐いて、ニッコリ笑って答えた。

「こうお答えになりました。あいつは自立したんです。小さい頃から一人で何でもやってきました。だから大丈夫、どこででも生きていける。何しろ厭な環境で冷たい親と暮らしてきたんですよ。親に対して殺意があっても仕方がない……おかしな話ですが、覚悟もしていました。まあ、この通り生きていますがね。そのかわり、パッと親の方があいつに捨てられた。でもね、それまでわたし達夫婦は息子の気配があるだけで幸せだった」

勝手な愛だ。独りよがりの愛だ。体中から力が抜けて行く。

気がつくと歌声は止み、鈴子さんが俺の背中に顔を押し付けていた。後ろからくぐもった声が聞こえる。

「ニイが死んでずっと考えていたの。もし一人ぼっちの野良犬で、死んでいったらそれはどうなの？　って。魂はちゃんと天に召されるの？　って」

俺には答えられない。いや、そうじゃない。

「まだ良く分からないけど、どんな場面で死を迎えても、魂はきっと天に昇って行くと思う。ニイの時火葬が一番だと思っていたけど、それって人間の都合で、単に思い込みだったかもしれないし。俺、今まで死というものに無関心だった。どうでも良かった。でも、ニイが死んで寂しいし、父親の言いわけも聞けない」

鈴子さんが頷き、ゆっくりと温かい手が俺を包んだ。そのままの姿勢で、俺は今日の出来事をポツポツと喋った。背中で鈴子さんが相槌を打つ。

「俺は何のために生まれてきたんだろう。ずっとそう思って生きてきたのに、それは歪だけど親の愛でした……なんて今更説明されてもなぁ」

整理のつかない気持ちを一日持て余していた俺に、鈴子さんが後ろから囁いた。

「ただ抱きしめてあげるだけで良かったのにね。こうして」

クルッと俺の体を自分の方に向けて、今度は強く俺を抱いた。俺も鈴子さんの背中に腕を回して抱きしめた。そしてハッとした。気配だけで幸せだったというのは、そうだ俺もそうだったのかもしれない。だから、家出するまで学校が終ると淡々と家に帰り生活できた。それは、そこが俺の家族が住む家だったからだ。何かがプチッと吹っ切れた時、思いがけない言葉が飛び出した。

「怖いなぁ……俺は人を愛せないと思うのに……鈴子さんへのこの気持ちは何だ」

すると鈴子さんが、きっぱりと言った。

「もう遅い、諦めましょう！」

俺はその途端鈴子さんの顔を両手で包み、熱烈なキスをした。そして心の底から笑った。鈴子さんも声をあげて笑った。空には満天の星。虫達の鳴き声に、水面を吹き抜ける風。いつも山の中にいるのに、初めて触れる自然の優しさのような気がした。

その中で俺の心の中の小さかった俺が、今この瞬間茶毘にふされて、彼方のニイや父親の胸に飛び込んで行くのを感じた。

迷子鈴

和田恵子

九月に入って三日ほど暑い日が続いた。

特に前の晩は寝苦しくて、朝方になってようやく眠った。控え室の鏡に映った私の顔は瞼が浮腫み、青白い頬に疲れが色濃く出ていた。ハンドバッグから頬紅を取り出して、顔全体にぼかした。

「めかし込んで、誰に見せるがいね」

「年寄り相手じゃ、おしゃれしても張り合いがないちゃ」

身仕度を終えて、お茶を飲んでいるヘルパーたちが冷やかした。

私はそれには答えないで、みんなと揃いの三角巾とエプロンをつけた。腰骨の上でエプロンの紐を強く結ぶと、不思議に気持ちが引き締まってくる。

私の受け持ち患者、八十三歳の田村シノと八十歳の岩野タキは前日から揃って熱を出した。暑さが体に応えたのだろう。

寿老人病院では、昼勤のヘルパーは午前九時までに病室に行けばよいことになっている。まだ二十分前だが、二人の容体が気になって病室へ向かった。

「おはようございます」

私が笑顔で入って行くと、

「いったい、どこへ行ってたがいね！」

田村シノは顔を真っ赤にして怒鳴った。歳に似合わず声が大きい。廊下側のベッドに臥せっているシノは、毎朝こんなふうに悪態をつく。いつもの私なら、うんざりするのだが、その日はシノの元気のよさが嬉しかった。

「主人を送り出してから急いできたんだけど、待たせて、かんにん」

「なら、いいちゃ。父ちゃんを大事にせんにゃ。子育てと畑仕事に追われていたから、父ちゃんの世話をできなんだ」

シノは目をしょぼつかせた。若いころ結核で亡くなったという、夫を思い出したのだろう。

シノの両手が伸びて、私の顔を撫で回す。視力が弱っているせいか、何でも手で確かめたがる。節くれだった皺深い手で触られると、ざらっとした痛みを感じる。

「うふふ、まって三日月さんだちゃ」

私の杓れた顎を引っ張って、シノは燥ぐ。熱はすっかり下がり、気分もいいようだ。

いつまでも、シノの相手ばかりしていられないので、奥のベッドにいる岩野タキのようすを見に行った。タオルケットが腰の辺までずり落ちている。相変わらず、掌を拳状に握り締め、体を硬くして臥せっていた。痩せていて、首下の骨が浮き出ている。手荒に扱ったら、折れてしまいそうだ。

「具合はどう？」

タオルケットをタキの胸元にかけた。タキは薄目を開けたが、まただるそうに閉じた。額に手を当てると熱かった。床頭台横にピンで留めてある体温表を見ると、午前六時半には三十七度七分あったと記されている。夜勤のヘルパーが帰りがけに替えたらしく、氷枕はまだ冷たい。

前日の午後二時ころ、タキは痙攣発作を起こした。体を硬直させ、手足を震わせた。顔が青灰色になり、唇は紫色に変わった。痙攣発作の患者を扱うのが初めての私は、慌ててブザーを押した。ガーゼを巻いたスプーンを咥えさせるのが、やっとだった。

「ねえ、しっかりして」

タキの肩を押さえて叫んだ。それは動転している私自身に言い聞かせる言葉でもあった。医者がくるまでの五分間が心細くて仕方がなかった。その時打った注射が効いたらしく、発作はすぐ治まった。

「喉が渇いたでしょう」

お茶が入った吸い飲みを、白っぽく乾いた唇に近づけると、タキは喉を鳴らして飲んだ。目の周りに茶色の隈ができ、やつれがめだつ。痩せて皮膚がたるんだ左腕に刺した点滴針が痛々しい。

「母ちゃんよ」

シノが私を呼んだ。遊び相手が欲しいのだろう。

初めてシノが母ちゃんと呼んだ時、嫌な感じがした。田村家の嫁でもないのにと腹が立った。

「中川と呼んでくださいね」

その都度、私は言い返した。

「だって、母ちゃんだろうがいね」

シノは不満そうな顔をした。

今では呼び方などどうでも、一日が無事に済めばよいと思うようになった。

午前中は忙しくて、遊んではいられない。ベッドの横のロッカーから、シノのタオルと着替えを出した。

「さあ、体を拭きますよ。タキさんは気の毒だけど、熱が下がるまで待ってね」

病室の隅に備えつけてある洗面台に行き、蒸しタオルを十本用意した。次々にタオルを替えて体を拭いた。

最後に足の指を拭いていると、

「あれ、いい按配や」

シノは目を細めた。頬から首にかけて薄紅色に染まっている。

脳軟化症のシノ、心臓病で血圧が高いタキ。二人とも入浴は許可されていない。寝たきりだから、常に気を配っていないと体が臭くなったり、汗疹ができたり、床擦れができたりする。

私はシノの汚れ物を片付けると、部屋の掃除をした。紙屑をひとまとめにして、黒いビニール袋に入れた。

一年前の八月末の日曜日に、山村由利子と会ったのが勤めに出る切っ掛けになった。これまでのことが次々に胸に込み上げてきた。

その日の午後四時ころ、私は近くのスーパーマーケットに夕食の材料を買いに行った。果物売り場のワゴンに巨峰が山積みになっていた。ぶどう好きの夫に買って帰ろうと思った。一パック二百五十円で二房ついているのは安いし、茎が黄緑色で鮮度がよさそうだ。

「何ね、取ったり置いたりして。まるで、粒まで数えているみたい」

すぐ近くに山村由利子が笑顔で立っていた。黄色いＴシャツと白いスカートが大柄な由利子を若々しく見せていた。三年前まで私の家の一軒おいて隣に住んでいたが、南富山のマンションに引越した。確か、寿老人病院の外来婦長をしているはずだ。

「引越し以来ねえ。お元気?」

「ご無沙汰ばかりしていて……」

しばらくは、互いに頭ばかり下げていた。それがおかしいと、由利子は大きな声で笑った。体を揺すって笑う癖は変わっていない。太って顎が二重になり、貫禄が出てきた。

私たちは、レジを出たところに置いてあるベンチに腰を下ろして、缶コーヒーを飲んだ。

由利子は、日曜出勤の帰りだと言った。

「奥さんは羨ましいちゃ。市民大学で相変わらず、日本史を勉強しているがでしょう」

「辞めたがよ。主人の給料が五十六歳から二十パーセントも少なくなったから、遣り繰りが大変でそれどころじゃないがよ」

「そんながけ、知らんかったわ」

由利子は目を大きく見開いた。

「外出すると金を遣うから、水底の魚みたいに家の中でじっとしているがだちゃ」

私はわざと明るい口調で言った。

由利子は魚ねえ、と首を傾げて、

「閉じ籠もってばかりいると、うつ病になりやすいから気をつけなさいよ」

看護婦らしい忠告をした。

「新聞の求人欄を読んだことある？　四十六歳の主婦が働くとしたら、掃除婦くらいしかないがよ」

私は空き缶を強く握り締めた。五歳下で地位もある由利子に、私の気持ちが分かるはずがないと僻んだ。

「ヘルパーになるなら紹介するけど」

「えっ、老人の付き添い？」

私は低く呻き、眉をひそめた。由利子が真面目に言っているのは分かった。

「通うにも自転車で十二分くらいだし、咲ちゃんの大学の費用は、昼勤の他、週に一度の夜勤をすれば稼げると思うよ」

私は少し心が動いた。東京の私大へ行っている娘への送金が、いつも家計を脅かしている。ヘルパーになろうとは思ってもみなかったから、すぐには決め兼ねた。

「いい仕事よ。奥さんたちが大勢働きにきているちゃ」

由利子は熱心に勧めた。私はしばらく考えさせて欲しいと言って別れた。

家に帰って夫に話すと、

「何も、他人のおむつ替えまでせんでもよかろうが」

と、不機嫌な顔をした。

由利子に断ろうと思ったが、夫の給料明細書や減る一方の貯金の残高を眺めると、心が揺れた。

三日後の夕食の時、私は夫に切り出した。

「ヘルパーになろうと思うの。家事は手を抜かないし、愚痴も言わないから頼むちゃ」

「経験がないのに大丈夫かよ。無理だと思ったら、すぐ辞めるがだぞ」

夫は渋々承知した。

その翌日、寿老人病院に由利子を訪ねた。事務長と病棟婦長に会い、九月一日から勤めることになった。

この病院には、約二百五十人の患者が入院している。病棟が三つあり、私が配属された第一病棟は、男女の寝たきり患者が五十六人入院している。ヘルパーは二十四人、四人部屋、二人部屋合わせて二十室ある。それぞれが受け持ち部屋を持っている。

結婚して二十五年間、家で気ままに暮らしていた私にとって、ヘルパーの仕事は辛かった。入って二カ月ほどは、腰痛と膝下の痺れに悩まされた。帰宅すると疲れが出て、ひと眠りしないと夕食の仕度ができないほどだった。

ある日、電灯の光が眩しくて目を覚ますと、帰宅した夫が枕元でじっと私を見ていた。いつの間にか、毛布がかけてあった。

「風邪を引くぞ」

夫はそう言って、夕刊を広げた。時計を見ると、午後七時半を回っていた。

「急いで夕はんの仕度をするちゃ。遅くなって、かんにん」

私は言い訳をしながら台所へ行った。野菜を切っている私の背に、夫が新聞の頁を繰る音が響いた。いつもより苛ついているように思えて仕方がなかった。

おむつ洗いをする覚悟で勤め始めたが、ビニール袋に入れておむつ小屋に出しておけば、業者が洗濯をして届けてくれる。

患者が汚した衣類だけは受持ちヘルパーが洗う。洗濯場には、ヘルパーの名前入りの大きなポリ容器が並んでいる。

夜勤の時、私の容器だけ汚れ物で蓋が閉まらないことがよくあった。昼勤のヘルパーが帰りしなに、わざと私の中に入れたのだ。衣類には患者の名が書いてあるから、誰が入れたかすぐわかる。

私が洗濯済みの衣類を届けると、

「あれ、ないと思ったらあんたとこへ入っていたがかいね」

そのヘルパーはとぼけた。腹が立ったが仕返しが怖くて黙っていた。

半年ほどたつと、少し仕事にも慣れた。三時間おきのおむつ交換も手早くできるようになった。シノとタキを受け持つようになったのは六月からである。担当していた高沢美佐が胃潰瘍で大学病院に入院してしまった。丁度そのころ、受け持っていた夫婦が福井市の息子に引き取られて行った。手が空いた私が美佐の後を引き継ぐことになった。

初めのころ、シノには手を焼いた。私がおむつを替えようとすると、

「とんでもない。お客さんに下の世話までさせられんちゃ。母ちゃんどこへ行ったがだろうか」

シノは美佐の姿を探した。私を見舞い客だと思っているらしい。

午後三時ころ、シノは大暴れした。

点滴の針を抜いて振り回した。シノのベージュ色の病衣や白い寝具カバーに、血と点滴液が飛び散った。

着替えさせて静かになったと安心していると、便を手掴みにして病衣に塗りつけた。

「お客さんには、させられんちゃ」

シノはそうつぶやきながら、手を動かしている。自分で後始末をしているつもりらしい。

換気がよいから、ほとんど病臭はしないのだが、この時ばかりは部屋中が悪臭に満ち、鼻が変になりそうだった。

便にまみれた病衣を脱がせようとすると、シノは私の左手の甲を引っ掻いた。

押した。

「痛いじゃないの！」

私は思わず顔をしかめた。シノは獣のような叫び声を上げながら、手足をばたつかせた。私は「お願い、止めて」などと言いながら、シノの腕を抱え込もうとしたが、だめだった。仕方なくブザーを押した。

すぐ病棟婦長が飛んできて、

「あら、おいたしたのね」

笑いながらそう言い、手際よくシノの病衣を脱がせ始めた。

「中川さん、汚れたわねえ。早くシャワーをして着替えていらっしゃい」

私は一礼して部屋を出た。騒ぎの間、タキが眠っていてよかったと思った。

シャワー室の帰りに歩いていると、隣室のヘルパー川田幸子が手招きした。太っていて、妊娠もしていないのに腹が前に突き出ているので、関取という渾名がついている。私のポリ容器に汚れ物を放り込む常習犯だから、好きになれない。

「先ほどは賑やかだったぜ。で、シノさんはどうしているが？」

「婦長さんにお願いしたがよ」

「ふうん、平等婦長が応援に駆けつけたんかいね。魔法をかけたみたいに患者をおとなしくさせるから、大したもんだちゃ」

口喧しい幸子も一目おいているようだ。

いつも婦長は足音をたてないで、そっと見回りにきては両手を揃えて二度ほど振り「平等にね」とささやく。ヘルパーたちは陰で平等婦長と呼んでいる。

幸子に騒ぎを知られたのはまずかったと、私は唇を噛んだ。おそらく夕方までには病棟中に知れ渡るだろう。まだ話したそうにしている幸子と別れて、病室に戻った。

そこには婦長の姿はなかった。シノはファスナーのついたつなぎのパジャマを着て眠っていた。点滴の針は股に刺し、管はズボンの裾を通してあった。それ以来、シノは便を悪戯しなくなった。

三日ほど経った午後、

「母ちゃん、早よう裏の畑の草取りをしられんか」

シノが指図した。

この婆さん何を言っているんだろうと思い、私は知らん顔をしていた。

「早くしられ、まあ」

シノが執拗に追いたてる。

タキのティシュペーパーがなくなりそうなので、私は売店に買いに行った。

廊下をモップで拭いていた幸子が擦り寄ってきた。

「シノさんに振り回されているようだけど、タキさんの方が手強いかも知れんぞいね」

幸子は上目遣いに私を見て笑った。

「タキさんの近所ながだけど、嫁が朝寝坊だとか、孫が畑の手伝いをしないなどと、愚痴って回るがだぜ」

無口のタキがそんなことを言うはずがないと、私は初め信じなかった。

「昨年の秋、タキさんは嫁さんと喧嘩したあげくに、家出したがよ。自殺するつもりだろうという噂も流れて、大騒ぎだったたちゃ。二日目に立山の麓の森の中で発見されたがよ。それ以来、歩けなくなり、ここに入院したがだちゃ」

幸子はモップの柄に両手を乗せ、腰のあたりを揺すりながら得意げに語った。

「そんながかいね。ありがとう」

私は頭を下げて、傍らを離れた。タキの入院のいきさつは、幸子の話の通りかも知れないと思った。

買い物をした後、売店の前の椅子に腰を下ろして、ぼんやりあたりを眺めていた。

すぐ近くに第二病棟がある。ここには軽い症状の男性患者が入院している。杖をつきながらトイレに通う姿が廊下越しに見えた。スリッパに結びつけた迷子鈴が澄んだ音色をたてた。背を丸めてゆっくり歩く患者を、まるで巡礼のようだと思った。疲れている私の心に鈴の音がしみ通った。

患者のスリッパに迷子鈴をつけるのは、ヘルパーの仕事だ。華やかな色のリボンで結んでみたり、小さな貝殻を和服の裂で包み、鈴の横に添えたりして工夫している。

徘徊癖のある患者にとっては、迷子鈴は命綱の役目をする。ヘルパーは鈴の音を頼りに、自分の患者を探し当てる。

私は寝たきりの患者ばかり受け持っているから、迷子鈴をつけたことがない。それも寂しい気がする。

患者とヘルパーはこの病院に辿り着いた巡礼かも知れないと、ふと思った。私は急にシノとタキに会いたくなった。

シノが私に気を許すようになったのは、八月ころからである。少し自分勝手なところもあるが、気のいい婆さんだと分かった。

タキは日が経っても打ち解けてこなかった。誰にでも警戒心を抱いているようなのが、気になった。


病室の掃除が済むと、午前十時だった。

院長が病棟婦長と若い看護婦二人を従えて回診にきた。月曜は院長回診と決まっている。

私はシノのベッドの右端に緊張して立っていた。

「どうですか。具合の悪いところはありますか」

五十年配の院長は、シノの胸に聴診器を当てて尋ねた。

「ようきてくだされた。どっこも悪いところはないわね」

シノは上気した顔で答えた。男の人には特に愛想がいい。

「腹が張っているなあ。二日間、通じがなかったのか。夕方まで出なかったら、灌腸してください」

院長はそう指示し、タキのベッドの方へ歩いて行った。

「うちの娘婿だから、よう診てもらわれ」

シノは自慢げに言った。

「今度は娘婿かあ」

馴れっこになっている院長は苦笑いした。病棟婦長と若い看護婦は口を押さえ、肩を小刻みに震わせて笑いを堪えている。

「痙攣が止まってよかった。熱もすぐ下がるからね」

院長は診察が済むと、タキの布団の端を軽く叩いた。

病棟婦長は私にヘルパー日誌を渡し、

「平等にお世話してね」

とささやき、去って行った。

「胃が痛いけど、気兼ねで言えなんだ」

タキが低い声で言った。また始まったと私は聞えない振りをした。回診が済んでから、実はどこが痛いと言うのが、タキの悪い癖である。初めのころは騙されて、慌てて医者を呼び戻しに行った。

するとタキは体を硬くして、

「何も言わんちゃ！」

と、声を荒げた。

昼にシノは紫蘇の粉を振りかけた粥を茶碗に半分ほどと、マッシュポテトを食べた。タキは粥を茶碗に三分の一とりんごジュースを少し飲んだ。二人とも徐々に食欲が出てきたようだ。

タキの熱が三十六度四分に下がった。氷枕を外して洗面台に持って行くと、

「氷枕は、嫌ちゃ」

背後からタキの声が聞こえた。

「もう片付けるから、安心して」

私は空になった氷枕を振ってみせた。

私は病室で家から持ってきたおにぎりを二個食べた。以前は昼休みくらいは患者から離れたかったが、今は病室にいる方が気持ちが落ち着く。

二人とも眠った。その間にしておきたいことがたくさんある。シノのロッカーを開けると、奥の方に新しいタオル十本と、ガーゼのハンカチが五枚入っていた。前日、私が帰ってから家族が見舞いにきたらしい。週に一度は必ず息子か嫁が訪ねてくる。

「我が儘な年寄りですけど、どうぞ、よろしく頼みます」

六十年配のシノの息子夫婦は、会う度に丁寧に挨拶する。

タキの方は、十日に一度ほど五十年配の嫁がくる。持ってきた物をロッカーに納めるとすぐ帰る。タキの顔を覗きもしなければ、私に容体を尋ねもしない。まるで逃げるようにして、病室を出て行く。私が受持ってから、息子はまだ一度もこない。

ヘルパーをしていると、家族が患者をどう思っているか、よく分かる。

シノが目を覚ました。手を合わせ、何かつぶやいている。

「里に帰って、仏壇を拝んできたちゃ」

「そうかいね。よかったこと」

私は相槌を打ちながら、シノの額の汗を拭いた。

「隣の婆ちゃん、大根を間引いていた。ほんによう働くちゃ」

シノはしきりに頷いている。

確か、その婆さんは亡くなったとシノから聞いたが、夢の中では畑仕事をしていたのだろう。

「あれっ、その人亡くなったがでしょう」

初めのころ、私はうっかり言って、

「母ちゃん黙っておられ、何も分からんくせに」

シノに叱られた。

このごろでは、シノが時を自由に駆け巡り、死者と話しているのだと分かった。私も素直に話に寄り添えるようになった。

シノの裾の辺りが臭《にお》った。

「おや、いよいよかな」

私が笑うと、シノは鼻に横皺を寄せて含羞《はにか》んだ。

裾を捲ると、臭気が一層強くなった。おむつの上に兎糞状のものが、七、八個転がっていた。灌腸しようと思っていた矢先だったので、ほっとした。

「お腹、楽になったでしょう」

湯に浸したおむつで、シノの尻を丁寧に拭いた。シノはタキより三歳上だが、腰や股の辺りには女のふくよかさが残っている。体の力を抜いて、私に任せているから扱いやすい。

「はい、横を向いて」

などと言いながら、おむつを替えていると、シノの母親にでもなったような気がした。

「母ちゃん、何て上手なが」

シノはお世辞を言った。

「疲れたろうがいね。ちょっこし寝られ」

シノは体を横にずらし、私を手招きする。そんな仕種が可愛らしい。

「ありがとう。まだ仕事があるから寝てもいられんがよ」

私は手を洗いながら、そう答えた。

床頭台の上に置いてある白い猫のぬいぐるみを横に寝かせると、シノは抱き締めて頬摺りをしている。

半月ほど前、シノの曾孫である小学一年の女の子が、このぬいぐるみを持って家族と見舞いにきた。

「大祖母ちゃん、キティちゃんとお友だちになってね」

女の子はぬいぐるみをシノの横に寝かせた。

シノはすっかり気に入り、頭についている赤いリボンを引っ張ったり、黄色い小さな鼻を摘まんだりして遊んだ。ある時ふと見ると顔を舐めていた。

喘息になると困ると思い、

「キティちゃん、床頭台の上に座りたいがだって」

私が言うと、シノはあっさり承知した。それ以後、退屈そうな時だけ横に寝かせるようにした。

私がおむつ小屋から戻ると、タキが目を覚ましていた。

「おむつ濡れたでしょう。替えようか？」

タキは首を横に振った。目が覚めても、自分から話をしない。そう言えば、タキがシノに話しかけたことは一度もない。眉間に縦皺を寄せて暗い表情をしている。何か不満でもあるのだろうか。

夜勤と交替する午後五時まで、あと十五分ほどある。私は隅の小机の上で、ヘルパー日誌を書いた。

二人の食事の回数と量、体温、おつむ交換の回数、便通などを詳しく記した。

感想欄に、

「歩けない患者にとっては病室だけが全ての世界です。体の調子がいい時、車椅子に乗せて庭に連れ出したいと思います」

と書いた。

外の景色を眺めたら、患者の気分も晴れるのではないかと、前から感じていた。

私が椅子から立つと、

「母ちゃん、どこへ行くがよ」

早速シノが尋ねた。私の姿をいつも目で追っているらしい。

「主人が待っているから帰るね」

「なら、父ちゃんに一本つけて上げられ」

シノは歯のない口を大きく開けて笑った。

「ええ、そうするちゃ」

私は頷いた。

いつも短時間でできる野菜炒めや丼物などを繰り返し作ってきた。夫は文句を言わないが、私は後ろめたい気持ちでいた。

このごろ夫がテレビばかり見ているのが気にかかる。背をかがめて、口を少し開けて見入っている。時おり「そうだ、そうだ」とか「馬鹿たれが」などと、テレビに向かってつぶやいている。家では私が洗濯したり、整理をしたり忙しそうにしているから、夫もテレビでも見るより仕方がないのかも知れない。

久し振りに、なすのしぎ焼きや、いんげんのごまあえを作って、夫とゆっくり食事をしようと思った。

私はぬいぐるみを床頭台に戻し、二人のベッドの周りを片付けた。

「さようなら。明日またきますからね」

タキは窓の外に顔を向けたまま、振り向きもしない。

「早よう、父ちゃんのところへ行かれんか」

シノが追いたてた。


翌日の昼、由利子と一緒に食事をし、鬼灯を十本ほど貰ってきた。

私が病室に抱えて行くと、

「あれ、懐かしや」

シノが目を輝かした。

丁度、花を切らしたところだったので、籐籠に五本差し、廊下側の柱に吊した。黄緑色の茎に、豆提灯のようなオレンジ色の殻がたくさんぶら下がっている。赤っぽいものが少しでもあると、病室の中が急に華やぐ。

タキは窓の方に顔を向け、背を丸めて眠っていた。タキの床頭台の上にある花差しに五本入れた。この間まで、タキのベッドの周りには飾り一つなかった。私は見兼ねて、コーヒーの瓶に銀紙を巻いて花差しを作った。

「一つ頂戴よ」

シノがせがんだ。

「いいのがあるがよ」

私はビニール袋から中身を抜いた鬼灯を取り出して、シノに渡した。これも由利子から貰ってきたのだ。

「なんだ、空っぽか。とろっとした中身が甘くて、うまいがに」

シノは口を尖らせた。

やがて、きゆっ、きゆっと小気味のよい音が聞こえてきた。シノは口元をすぼめ、背中を揺すりながら鳴らし続ける。子守でもしているつもりだろうか。

「喉に詰まらせないで」

私は、それが気がかりだった。

「破けてしもうた。もう一つ」

シノは穴があいた鬼灯を右手で振った。

「疲れるから、少し休んでからね」

私はガーゼのハンカチで、シノの口の周りを拭いた。

「昔は庭や畑の隅に、鬼灯がたくさん植えてあったもんよ。娘のころは中身を抜く名人だったがだぜ。近所の子の分まで引き受けたちゃ。汁を吸っているうちに、口の中が甘苦くなってしまうがよ」

シノは両手をひらつかせ、息を弾ませた。鬼灯のことになると思いが深いらしく、シノの記憶は、はっきりしている。

急に静かになったと思ったら、シノはもう寝息をたてていた。

ドアをノックする音がした。

出てみると、黒いレースの長袖ワンピースを着た五十半ばほどの女の人が立っていた。栗色の髪を短く刈り上げ、大きな金の輪のイヤリングをぶらさげている。見舞い客にしては派手な格好をしている。遠くからきたらしく茶色の旅行鞄を提げていた。

「タキの娘の光枝です。母がお世話になっています」

光枝は笑顔で挨拶し、奥のベッドの方へ歩いて行った。

八月末ころ、タキ宛に大宮消印の手紙が届いたのを思い出した。差し出し人は岩野光枝と書いてあった。タキはしばらく枕の横においていた。次の日私が行くと、屑籠に捨ててあった。

「眠っているのね。具合はどうかしら？」

「お歳ですから、ちょっとしたことで熱が出たりします」

私は光枝に椅子を勧めながら言った。

初めて会うのに、どの程度話してよいかわからなかった。色白で目鼻だちがはっきりしている光枝は、タキには似ていない。

「すっかり老けてしまって」

光枝はタキの顔を覗いて声を詰まらせた。

「母ちゃんをこんな病院に押し込めて、あんまりよ」

光枝は部屋を見回して眉をひそめた。こんな病院と言われて、私は面白くなかったが、黙ってシノの近くの椅子に腰を下ろした。

「昼近くに実家に行ったら、義姉が何しにきたという顔で玄関に立ち、上がれとも言わないんよ。あの人、ここにくるの？」

「ええ、たまに」

「冷たいでしょ、あの人。母ちゃんも辛く当たったかも知れん。三十代で未亡人になったんだから、気も強くなるでしょう。そこのところが、分からないんよ」

光枝は言い募る。

「新しい家を建てたんだから、母ちゃんの部屋くらい用意してもいいでしょう。それを追い出すなんて、あんまりよ」

光枝はハンカチで目頭を押さえ、肩を震わせた。感情を剥き出しにして兄嫁の悪口を言うのを、私は呆気にとられて見ていた。

「寝たきりだなんて、情け無い」

光枝は吐き捨てるように言い、

「付き添いさんが手抜きしているからでしょう。おむつ交換の回数を増やしたり、歩行器を使ってリハビリをしたらどうなのよ」

矛先を私に向けて鋭く切り込んできた。

「あなたがお世話をされたらどうですか」

私はそう言いたいのを我慢した。ふらっときた人にヘルパーの苦労がわかるはずがないと、光枝を睨んだ。

「仕事しなさいよ。忙しいんでしょう」

光枝は命令した。

私は乾燥機に入れておいた洗濯物を取りに行った。光枝を嫌な女だと思った。これまで見舞いにもこないで急に可哀相だと騒ぐのも、何だか芝居じみているような気がする。

十五分ほどして、私は部屋に戻った。

光枝は窓側にあるタキのロッカーを掻き回している。水色のスリッパが放り出してあった。

「幼稚園じゃあるまいし、スリッパにリボンや鈴をつけて。汚いから外に出したわ」

私は駆け寄って、スリッパを拾った。一週間ほど前に、二人のスリッパに迷子鈴をつけたばかりだ。タキのは水色のスリッパに赤いリボン、シノのは紺色のスリッパに桃色のリボンを結んだ。歩けない二人だが、いつか使う時があるに違いないという祈りを込めて鈴をつけた。そんな気持ちを光枝に踏みにじられたようで、腹が立った。

「何かお捜しですか」

「貯金通帳、どこにあるか知らない？」

「さあ……」

光枝は疑わしそうな目で私を見た。

タキが目を覚ました。私は蒸しタオルでタキの顔を拭いた。

「母ちゃん、きれいにして貰っていいねえ。売店でメロンを買ってこようか」

光枝はタキの近くに駆け寄った。急に態度を変え、笑顔で話しかけている。

「何しにきた？」

タキは低い声で絞り出すように言った。

「お見舞いにきたんじゃないの。手紙に近いうちに行くからと書いてあったでしょう」

光枝はタキの枕の歪みを直したり、タオルケットをかけ直したりしている。

「まあ、そそけた髪をして。後できれいに梳かして上げるからね」

光枝はタキに顔を寄せて言った。その言葉は、私に対する嫌味に聞こえた。

「お願いだから、母ちゃんの貯金をしばらく貸してよ」

光枝は声をひそめた。

「何度無心すれば気が済むんだ。まだあの男と一緒なんだろう。騙されているのが分からんのか」

「私たち近いうちに結婚届を出すから心配しないで。それより五日以内に三百万円要るの。お金が用意できないと、お店を取られてしまうがよ。母ちゃん、頼むわ」

光枝は手を合わせた。

「そんな金ないちゃ」

タキはにべもなく言った。

「私にも財産の取り分があるはずよ。それを今頂戴」

光枝は再びロッカーの中を捜し始めた。

「あれだけせびり取って、まだ欲しいがか。帰れ！」

顔を強張らせて罵るタキを、私は息を飲んで見つめた。

「おお怖い。母ちゃんは根性悪だから人に嫌われるのよ。兄ちゃんに頼むからいいわ」

光枝はタキを睨むと旅行鞄を引き寄せ、イヤリングを揺らし、ハイヒールの音を響かせて出て行った。

タキの頬は涙で濡れていた。私はタオルで拭いてやりながら、どう言葉をかければよいか分からなかった。

タキと光枝の関係は、私には想像もできないほど幾重にもよじれて、根が深いようだ。

それに比べれば、私と娘の咲子の関係は戯れ合っているようなものだ。前夜も九時過ぎに電話がかかってきた。

「はあい、お母さん元気ですか。曲を流しますから、ちょっと踊ってみませんか。毎日続けたら腰痛なんかすぐ治りますよ」

咲子の気取った語りかけの後『夢の中へ』という歌が聞こえてきた。私が足で拍子を取っていると、夫が近づいてきて、

「何をふざけている。勿体ないから切れ！」

と怒鳴った。

「お父さんの勿体ない病は健在ね。近いうちに、家庭教師のアルバイトをすると伝えてください」

咲子はそう言って、電話を切った。娘の声を聞くだけで気が休まるから不思議だ。

シノが目を覚まし、手を差し出した。

「母ちゃん、鬼灯頂戴よ」

私が一枝渡すと、

「きれいだこと」

シノは高く上げたり、振ったりして見とれている。

「持ってみる？」

タキは首を横に振った。

私が鬼灯を花差しに戻そうとすると、タキの右手が伸びて振り払った。

「嫌ちゃ、見たくもない」

銀紙がはずれてコーヒーの瓶が音をたてて床に転がった。光枝のことで気がたっているのだろうと思い、私は黙って片付けた。

「まって、やや子みたいだぞいね」

シノは鬼灯の殻を次々に剥き、オレンジ色の実を撫でている。

「七つもついているわ」

私は笑いながら覗き込んだ。

「光枝」

タキのつぶやきが聞こえたような気がした。時計を見ると午後三時を回っていた。

シノのおむつを替え終わり、タキのベッドへ行った。私が裾を捲り、おむつカバーをはずそうとすると、膝を強く合わせて拒んだ。いつも膝を大きく開かないから、おむつを替え難いが、こんなことは初めてだ。

「さあ、早くさっぱりしましょう」

ようやくタキは力を抜いた。薄い肩が震えている。おむつはぐっしょり濡れて強いアンモニア臭が鼻を突いた。

おむつ小屋から戻ると、私はタキのベッドの横にきて椅子にかけて、右手の指を一本ずつ揉み始めた。

「あれは、戦争が終わって四年目だった。町の花屋に鬼灯を頼まれて畑と裏庭の分を全部刈り取り、二百本ほどリヤカーで運んだ。帰りに三人の子供の喜ぶ顔を思い浮かべてクリームパンを十個買ったがよ。村の池の近くまできた時、人だかりがしていたので行ってみると、末の男の子が溺れ死んだと知らされた。みんな鬼灯のせいだちゃ」

タキは語り終わると、悔しげに唇を噛んだ。

私は「そうなの」とか「気の毒に」としか言えない自分がもどかしかった。

ドアをノックする音が聞こえて、若い看護婦が二人車椅子を一台ずつ押して部屋に入ってきた。

「婦長さんが二十分ほどなら、患者さんを庭に連れ出してもよいそうです」

前日、ヘルパー日誌に書いたのが婦長の目に止まったらしい。

三人がかりでシノとタキを車椅子に乗せた。バスタオルを膝にかけて迷子鈴のついたスリッパを履かせた。急だったから出発までが忙しかった。

「どこへ行くがよ」

シノは浮き浮きしたようすで笑いかける。

「とってもいいところ」

私は含み笑いをした。

沈んだ表情で座っているタキを元気づけたかった。

若い看護婦が一台ずつ車椅子を押し、私は後ろからついて行った。

病棟の北出口への曲り角で、先頭の車椅子を押している看護婦が振り返った。

「近いから、ここから出ましょうよ」

「だめよ、そこは。遠回りだけど第二病棟を通ってください」

自分でも驚くほど強い口調で言った。

北出口は亡くなった患者を運び出すところだ。途中に霊安室もある。二人をそんなところから出したくなかった。

途中から私は先頭を行くタキの車を押した。押すたびに迷子鈴が鳴った。病棟の廊下を男性患者が右足を引き摺りながら歩いていた。互いの迷子鈴が響き合って鳴った。

一人の看護婦が走って行って、出口の扉を開いた。

二十メートルほど先に芝生の庭がある。それをコの字型に囲んで赤紫・桃色・白のコスモスが群れ咲いている。西日があたりを照らし、花が一層鮮やかに見えた。

「庭へきたがだ」

シノは両手を振って歓声を上げた。

私はタキの車椅子を赤紫のコスモスの花の前で止めた。

じっと見ていたタキが、

「光枝」

とつぶやいた。

憎まれ口を利いても、やっぱり親子なのだと思った。私の脳裏を咲子の笑顔がよぎった。

シノを乗せた車椅子は、芝生を通り抜けてサルビアや桔梗などが咲いている花壇の方へ行った。

私はタキの膝にバスタオルをかけ直すと、ゆっくり後を追った。

解　説

志村有弘

『現代作家代表作選集』も8冊目である。本集にも各作家の代表作・力作を収録することができた。

おおくぼ系（おおくぼ・けい）の「**砂原利倶楽部―砂漠の薔薇**」は、本選集のために書き下ろした作品。作品の語り手で主人公は新聞社を退社し、作家として生きようと思っている深見南海。登場人物がそれぞれ個性的だ。偶然に知り合った砂原倶楽部のママ。倶楽部に勤める萌。あるいは本当の主人公は、中退したものの大学で仏文を専攻し、作家志望であったママであるのかも知れない。ママには外国人の恋人がいたが、男は韓国へ出立していった。ママの鋭い言動が印象的だ。作品中の深見は作家として三國小説賞一次候補作となったのだから、将来、作家として飛翔する可能性を秘めている。グアムの風光も詳細に記される。サツマと表記したり、作品の舞台をときおり異国に置くのもおおくぼの特色。作中、「世の中は戯画に満ちている」という名言もある。だから小説が存在するのだ。歯切れがよく、どことなく明るさを持つ文体もこの人の特色といえる。おおくぼの「アラベスク―西南の彼方で―」が『現代作家代表作選集 第2集』に掲載されている。この作品にはサラリーマンの悲哀が描かれ、主人公はアラブの金融ブローカーになれないものか、と思っている。そしていかにもサツマ人らしく、男気も示される。私は「九州文學」誌上で、おおくぼの作品「百日紅の海」（平成二十一年四月）・連載「海紅豆の秋」（平成二十二年一月、四月、七月）・「桜花吹雪の季節」（臨時増刊号。平成二十三年五月）・「再会の館」（平成二十四年一月）・「銀色のｂｕｌｌｅｔ（銃弾）」（平成二十四年十月）などを読んできた。「百日紅の海」では薩摩人を登場人物に配して純愛・友情を示し、「海紅豆の秋」には多彩な登場人物の言動がテンポの早い文体で綴られ、作者の作品構成、ストーリー展開の巧みさに天賦の才を感じさせられた。「桜花吹雪の季節」は登場人物の力強さに作者の体に流れる薩摩隼人の血を感じ、「再会の館」は主人公エリコの人物造形が見事であった。「銀色のｂｕｌｌｅｔ（銃弾）」は、芸能プロに生きる男の誠実な姿に感動させられた。『花椿の伝言』は「姫」と称される祁答院尚子の激しい気性と儚い生涯が読む者の心に哀しく残った。おおくぼには、他に小説『ブーゲンビリアの花』（新風社、二〇〇七年）もある。作品の題名にしばしば花の名を書き入れるのも、おおくぼの浪漫的心情の表象であろう。

桑原加代子（くわはら・かよこ）の「**ベリンガムの青春**」は、同人誌「峠」第24号（一九九三年三月）に掲載された。主人公はアメリカの大学に交換留学している宮園由樹。学生寮から引っ越したアパートで知り合った史子は熊本県菊池の出身。大学にはイランから来ている留学生もいる。リーマンは台湾から来ている経済学専攻の大学院生。由樹がヘザーに日本語を教える中にマイクが参加してきた。次第にマイクに心が傾いてゆく由樹。マイクの両親は離婚していた。村意識に縛られたくないと思い続けていた由樹だが、イランから来ているアティッサのように国から宗教の改宗を強いられたとき「勇敢な行動が取れるだろうか」と思う。由樹は「生まれた時の家庭は永遠に存在し続けるもの」と思っていた。しかし、マイクの言葉を通して、父にも母にも「それぞれに自分の人生がある」ということに気づく。日本人と外国人との比較が随所に示される。由樹はアメリカの大学ではパーティなど遊ぶことに大きなエネルギーを使うけれど、日本の大学ではこれほどのエネルギーを使わない、日本人は遊ぶことにうしろめたさを感じるのではないか、と説明する。外国人は勉強にも遊びにも徹底的に力を注ぐ。この外国と日本の民族・文化の比較を描くのが作者の一視点なのであろう。作品は、パーティ会場に仮装をしたマイクが人をかき分けながら由樹の方に近づいてきたところで終わる。マイクは大学を卒業したら日本へ行くという。このあと由樹とマイクの間柄はどのように進展してゆくのか、気になるところだ。瑞々しい感性を感じる作品である。青春の息吹を忘れない作家である。桑原は同人誌「峠」の代表として活躍し、中部ペンクラブ理事の任にある。そういえば、「中部ぺん」第20号（二〇一三年八月）に、桑原の「たーちゃん」（「峠」第61号）について、丹羽加奈子が主人公貴理子の「悔恨の様子が痛々しく、読者に感情移入させる巧みさがある」と述べていることを付記しておきたい。

八重瀬けい（やえせ・けい。本名、篠原敬子）の**「茶毘」**は、第七期「九州文學」第5号（平成二十一年四月）に発表したものであるが、初出時の内容を大幅に書き改めている。山本幸治が働くペット霊園は、課長が週に一度だけ顔を出すくらいで、一人でいることの好きな幸治には、快適な職場である。

小学校に入ったとき、父から「自分のことは自分でするように」と命じられ、食事も自分で作っていた。一方、両親は外で食事をしていた。幸治の仕事は死んだペットを荼毘に付すことである。中山鈴子は愛したチワワの骨を壺に入れるとき、子守歌を歌っていた。幸治はその子守歌に微かな記憶があった。仕事場に捨て犬の親子三匹が住み着いた。やがて食べ物を与えるようになり、犬たちも幸治になついた。幸治は親から愛情を注がれた記憶がなく、高校の卒業式の日に親の家を黙って出て、それきり親とは会っていない。弁護士が幸治の父親が死んだことを伝えてきた。住み着いていた子犬の一匹が車に轢かれて死んだが、親犬と子犬は貰われていった。幸治が施設にいる母を訪ねたとき、母は幸治の名前を入れて子守歌を歌っていた。父も母も幸治に深い愛情を抱いていたのだ。このあと幸治は鈴子と幸せな家庭を築くことだろう。作品を通して鈴子の優しさが心に染みる。幸治も本当は心優しい性質なのだ。なお、改作以前の「九州文學」第5号発表の「荼毘」も捨て難いものがあることを記しておきたい。八重瀬は、小説・ノンフィクション・戯曲・詩など種々の分野で活動してきた。日本児童文学者協会・日本放送作家協会の会員でもある。詩や戯曲の分野では福岡市民芸術祭文芸部門市長賞を受賞し、脚本でも過去何度か受賞している。また、単行本『スーダ　つしまやまねこ物語』を文芸社から二〇〇九年に上梓している。私は縁があって第七期「九州文學」掲載の八重瀬の作品をほぼ読んできた。八重瀬はこれまで「九州文學」誌上に、本集収録の「荼毘」の他、小説「うんきゅうの如く」(平成二十年七月)・小説「ムーンリバー」(平成二十二年四月)・ノンフィクション「奇跡の鳥～発見から保護活動まで～」(平成二十三年四月)・小説「畑の魚」(平成二十四年四月)・小説「アンパン」（平成二十五年一月）・小説「あたしと祖母の四十九日間」（平成二十五年七月）・小説「桜吹雪」（平成二十六年四月）などの作品を発表している。そのうちのいくつかを取り上げると、「奇跡の鳥」はヤンバルクイナの保護活動を綴るルポルタージュで、字義通りの労作。「畑の魚」は東日本大震災に取材した重い作品だが、ボランティア活動もあり、決して希望を失うことのない人の姿を描いている。保護活動や被災者への眼……八重瀬けいの作家の一視点はこのあたりにあるように思う。そして、「あたしと祖母の四十九日間」は随所にユーモアを折り込みながら憑依した祖母の霊と共に沖縄の平和の礎まで出かけてゆく内容で、楽しく、哀しい物語。他に、全国同人雑誌作家による『小・掌篇作品選集』7（文學街文庫）に小説「宙を舞う」、同文庫8に小説「化粧」を発表している。

和田恵子（わだ・けいこ）の「**迷子鈴**」は、同人誌「青嵐」創刊号（平成元年十一月）に発表された。迷子鈴とは年老いた病人が迷子にならないようにスリッパにつけてある鈴。「私」は寿老人病院でヘルパーとして働くことになった。「私」は結婚して二十五年、今まで気ままに暮らしてきた。そうして、タキとシノという二人の老人のヘルパーをすることになった。繰り返される二人のおむつの世話の描写が、ヘルパーという仕事の大変さを示している。無口なタキと饒舌なシノ。二人の行動が対照的に描かれる。シノの言動は明るいが、脳軟化症を患っている。タキは心臓病で血圧が高い。タキの娘光枝が見舞いに来た。兄嫁の悪口を言い、母の貯金通帳を知らないか、と尋ねる。そして、タキに三百万円を無心している。鬼灯を喜ぶシノ。しかし、タキには鬼灯にまつわる哀しい出来事があった。表面では厳しく拒否しながら、心の底では光枝に深い愛情を抱いているタキ。末尾でコスモスの花を見ていたタキが、「光枝」とつぶやく場が哀しく心に残る。主人公の「私」はあくまでも誠実だ。脇役として登場するおしゃべりで底意地の悪いヘルパー川田幸子、「平等にね」とささやく婦長の姿もなぜか印象的だ。素直で人の心優しさが滲み出る文章だ。そして、会話で使用される北陸地方の方言が作品を盛り上げる。和田は、同人誌「千尋」に所属し、文学活動を行なっている。

（文芸評論家・相模女子大学名誉教授）

付記　作品の発行年月は原則として表紙か奥付の表記に従った。西暦と元号が混交しているのはそのためである。

現代作家代表作選集　第8集

発行日　二〇一四年八月三〇日
解　説　志村有弘
発行者　加曽利達孝
発行所　鼎　書　房
〒132-0031　東京都江戸川区松島二-一七-二
TEL・FAX　〇三-三六五四-一〇六四
印刷所　太平印刷社
製本所　エイワ

ISBN978-4-907282-15-8　C0093